Dello stesso autore nel catalogo Einaudi

Mi fido di te (con M. Carlotto)
Cosí si dice
Chiedo scusa (con S. Mastrofranco)
Un posto anche per me

Francesco Abate

Mia madre e altre catastrofi

Einaudi

www.einaudi.it

ISBN 978-88-06-22867-5

Mia madre e altre catastrofi

a Cinzia e a tutti i donatori di vita

– Cara Mamma, questo libro è un gioco, un gioco dedicato a mio padre Gabriele, che ci ha lasciato troppo presto. E gli sarebbe piaciuto leggere una storia cosí, vedere come ce la siamo cavata senza di lui.

– Un disastro, caro figlio.

Ci presentiamo

1.

Mi chiamo Mariella, sono nata nel 1937. Sono figlia di un'insegnante di greco e latino e di un colonnello dei carabinieri. Babbo per molti anni è stato nei servizi segreti.

Sono vedova dall'età di cinquant'anni. Ho avuto tre figli, otto nipoti, due di loro sono già volati in cielo. Sono stata anch'io un'insegnante di scuola media. Avrei dovuto insegnare francese. Pigiati in cinque in una Fiat 500, all'alba raggiungevamo le scuole dei paesini piú remoti della Sardegna. In quegli anni il francese era l'ultima cosa che a quei ragazzini servisse.

Anche oggi insegno. Scuola popolare. I miei alunni sono lavoratori immigrati o collaboratrici domestiche ai quali serve almeno la terza media.

Ho combattuto le battaglie d'emancipazione per la donna. Sono marxista ma soprattutto cristiana, anzi *neocatecumenale*, che come dice mio figlio è la Formula 1 del cattolicesimo. Lo dice per prendermi in giro, perché lui non approva.

Mio figlio, con tutto il rispetto per me stessa, è un gran figlio di buona donna.

Racconta un sacco di balle, ma fra le bugie infila molte verità.

Non gli ho mai fatto sconti. Neppure sui diritti d'autore di questo libro.

2.

Sono il figlio della Mamma di Francesco Abate.
E questa è la nostra piccola storia.

Istruzioni di lettura.

I fatti qui riportati sono divisi in capitoli tematici, a loro volta divisi secondo una scansione temporale che va dall'infanzia al presente. Ma Mamma dice che mica è cosí chiaro. Anzi.

Con Mamma si è anche molto litigato su cosa fosse accaduto esattamente prima o dopo, quale fosse la precisa collocazione dei fatti negli anni.

Ci siamo scornati nell'accertare con matematica precisione se frequentassi ancora le elementari Sebastiano Satta o se fossi già alle medie Regina Elena, se studiassi al liceo ginnasio Dettori o fossi già fuggito al liceo ginnasio Siotto Pintor. Se ho ceduto su alcune sue convinzioni, ma solo per quiete familiare, nulla le ho concesso sulla localizzazione degli ospedali dove siamo stati costretti a vivere parte della nostra vita.

Mamma dice che però spesso ero rintontito dai farmaci e quindi sto comunque e sempre dicendo fesserie.

La mangiatrice di tigri

Mamma è stata allevata con le tigri. L'hanno chiusa dentro una gabbia e l'hanno fatta uscire solo quando ha sbranato l'ultima. Dunque, siamo i figli di una mangiatrice di tigri. Almeno cosí dicono.

1.

– Mamma, Mariacogotti mi ha fatto vedere la patata.
– ...
– Ahia! Ahiaaa! Ahiaaa! E basta, con questi pizzicotti con la girataaa! Ahiaaa! Bastaaa! Non ho fatto nullaaa! È stata lei a farmela vedereee!
– E tu l'hai guardata?
– ... Sí, però... Ahia! Ahiaaa! Ahiaaa!

2.

– Mamma, quindi la differenza fra maschi e femmine è che noi abbiamo il pirillo e voi la patata?
– No, la differenza è che noi femmine quando voi maschi siete bambini vi puliamo il culetto, quando siete gran-

di vi puliamo mutande, camicie, calze, pantaloni e il piatto dove mangiate, quando siete vecchi tutto questo e nuovamente il culetto.

– Quindi noi maschi non facciamo nulla?

– Esatto.

– Quindi siamo fortunati?

– Esatto.

– Quindi oggi non tocca a me lavare i piatti?

– Esatto.

– Grazie, Mamma.

– Prego, figlio mio.

– Ahia! Ahiaa! Ahiaaa! Ahiaaa! Dài, basta Mamma con i pizzicotti! Cosa ho fatto di maleee?!

– Il furbo. E ora fila a lavare i piatti.

– Io vado, comunque in questa casa la differenza è solo pisello e patata.

3.

– Sí? Chi è?

– Sono il maresciallo Aruffo del piano di sotto, professoressa. Ci può aprire la porta, per favore?

– Un attimo! Mi dia il tempo di…

– Sí, faccia con comodo, sono qui con i suoi bambini.

– Maresciallo!

– Professoressa, buonasera.

– Oddio, che è successo?! Cos'hanno combinato questi due disgraziati? Glielo dico sempre di non star lí affacciati al terrazzino a fare la gara di…

– Si calmi, professoressa, li abbiamo trovati per tempo.

– … trovati per tempo? Ah! Non è per le lenzuola?

– Come? Quali lenzuola?

– No, no, nulla… mi dica.

– Dicevo, professoressa, che li abbiamo ritrovati per tempo.

– … ritrovati…

– Abbiamo subito capito che erano fuggiti di casa.

– … fuggiti…

– Perché ci siamo detti: non è possibile. Cosa ci fanno due bambini da soli dall'altra parte della città, mille miglia lontano da casa?

– Giusto! Cosa ci fanno?

– Ma Mamma!

– Voi state zitti! Che poi facciamo i conti a casa!

– Ma Mamma, siamo già a casa! E poi tu…

– Zitti! Zitti, disgraziati! E fate parlare il maresciallo Aruffo!

– Allora, professoressa, le dicevo: per fortuna oggi ero di servizio con il Radiomobile, fatto che non mi compete per l'elevatezza del mio grado, ma il caso vuole che decida di uscire con una mia pattuglia, e indovini chi avvisto?

– Questi due disgraziati.

– Esatto. Mano nella mano, felici e contenti, che se ne vanno in giro per la città. Per di piú dividendosi un panino che in seguito è stato appurato contenesse margarina e zucchero.

– Maledetti.

– E subito mi sono detto: cosa ci fanno lontani mille miglia dal nostro palazzo i figli della professoressa Pisano, nipoti del nostro amato colonello? Cosa ci fanno soli un bambino di…

– Quattro anni.

– Ecco, quattro anni. E uno di…

– Sette anni.

– Ecco, sette anni, lontani…

– Mille miglia da casa.

– Esatto, professoressa, mille miglia da casa! E in piú mi sono detto: cosa ci fanno a quest'ora, poco prima del tramonto? Che per essere giunti sino a qua devono avere nell'ordine superato: il viale Trieste, assai mal frequentato da passeggiatrici note agli uffici, la centralissima piazza Yenne, assai peggio frequentata da gruppi di malavitosi usi stazionare presso il bar *La cicala*, il popolare quartiere la Marina, che peggior zona nella nostra città non c'è, bubbone infetto di bische e bordelli? E da qui immettersi nella scarsamente illuminata via XX Settembre?

– Già, cosa ci fanno?

– Saranno fuggiti di casa!, mi sono detto.

– Disgraziati! E io che pensavo fossero in cortile!

– Ma Mamma!

– Zitti, voi! Zitti! Correte immediatamente nella vostra stanza!

– Ma Mamma!

– Filate in silenzio, che dopo facciamo i conti!

– Professoressa, non infierisca. L'importante è che ora siano sani e salvi a domicilio.

– Tutto merito suo, maresciallo.

– Ma si figuri, è stato un dovere e un piacere essere utile alla sua famiglia. Un vero onore e, la prego, presenti i miei ossequi al colonnello.

– Sarà un piacere, maresciallo. Presenterò.

– Sa, nel vedere questi due bambini ho pensato ai miei figli e, le assicuro, mi sono commosso al pensiero di questi due pargoli in balia dei peggiori pericoli e delle piú insidiose insidie.

– Certo, maresciallo, la mia famiglia le sarà grata nei secoli.

– Grazie, professoressa, ora la saluto. Una rampa e sono a casa.
– Saluti la sua cara moglie.
– Presenterò… Sa, solo una cosa ancora mi incupisce.
– Prego, maresciallo.
– Chissà chi avrà dato loro quel disgraziatissimo panino margarina e zucchero…
– Eh già, maresciallo, chissà.

4.

– Mamma, però non è giusto.
– Muti e zitti.
– No, non è giusto.
– Zitti tutti e due!
– Zitti un cavolo! Ti abbiamo sentito!
– Sentito cosa?
– Che ridevi!
– Quando?
– Prima, al telefono!
– Con chi?
– Con nonno!
– Non era il nonno!
– E chi era? Ti abbiamo sentito che dicevi: «Babbo, dovevi vedere la faccia del maresciallo Aruffo!»
– Uffa, noiosi.
– Mamma…
– Che c'è?
– Perché non gli hai detto al maresciallo che ci hai mandato tu a casa dei nonni a piedi, che tanto ormai siamo due bravi ometti? Perché non gli hai detto che ci hai spie-

gato tu la strada per benino? Perché non gli hai detto che saremmo tornati indietro in macchina con papà che stava dai nonni a studiare per l'esame di Stato? Che qui noi facciamo chiasso con le macchinine e lui non riesce a concentrarsi e se poi non passa l'esame è colpa nostra? Eh, perché? Perché non gli hai detto che papà si sarebbe prima stupito poi commosso nel vederci comparire lí da soli? Eh, Mamma? Perché non gliel'hai detto?

– E voi perché non glielo avete detto?

– Perché abbiamo avuto paura che ci volevano arrestare.

– E perché?!

– Perché sputiamo sempre dal terrazzino sulle lenzuola del maresciallo Aruffo.

– Bravi. Proprio bravi.

– Sí, ma tu perché non gliel'hai detto?

– Perché la gente non capisce e ha paura.

– Cosa non capisce, Mamma?

– L'emancipazione.

– Ah...

– Sí.

– E di cosa ha paura?

– Della libertà.

5.

– Bambini!

– Sí, Mamma!

– Potete andare a giocare in cortile.

– Grazie, Mamma!

– Prendetevi la merenda che vi ho messo sul tavolo della cucina.

– Cosa ci hai preparato, Mamma?
– Rosetta con margarina e zucchero.
– Ancora! No, dài, Ma'! L'ha detto anche il maresciallo Aruffo che è un *panino disgraziatissimo*.

6.

– Ti ho lasciato il panino con margarina e zucchero. E la gazzosa, che ti piace tanto, è in frigo.
– Uffa, Mamma, sempre il solito panino! E per Giuseppe cosa c'è?
– Nulla.
– Come, nulla?
– Viene con me al collettivo.
– Non gli piace.
– Cosa, non gli piace?
– Il collettivo femminista.
– E perché? Facciamo anche un sacco di torte per i bambini.
– Ecco, infatti, lui dice che sono torte alluppose! Sembrano fatte con la sabbia!
– Alluppose?
– Sí, dice che ci vuole lo stoppino per spingerle giú oppure tanta Coca-Cola. Però voi la Coca-Cola non la comprate perché è capitalista e avete solo gazzosa calda che fa schifo.
– Non abbiamo i soldi per un frigo.
– E poi ha paura!
– Paura? E di che?
– Ha sentito una che urlava che ai maschi gli tagliavate il pisello.

7.

– Mamma, è vero che sei stata allevata dentro una gabbia di tigri e quando ti sei mangiata l'ultima ti hanno fatto uscire?
– Chi l'ha detta questa scemenza?
– Il maresciallo Aruffo del piano di sotto questa mattina alla portinaia.
– Ah sí?
– Sí!
– Avete il permesso di fare la gara di sputi dal terrazzino.
– Anche se sotto hanno steso le lenzuola?
– Soprattutto.
– Grazie, Mamma!
– Prego.

8.

– Sono stanca e avvilita. Quindi oggi non giochiamo insieme a Monopoli.
– No, dài!
– Lasciatemi perdere, oggi non è serata.
– Perché, Mamma?
– Perché ci toccherà pagare la ripulitura del muro condominiale.
– ...
– Hanno scoperto che è stato tuo fratello a fare le scritte.
– No, non è vero! Non è stato lui!
– «Pino il Soversivo». Solo lui che ha sei anni poteva scriverlo tutto storto e con una sola *v*. E poi è l'unico Giuseppe del palazzo.

– Te l'avevo detto, Mamma, che quel collettivo gli faceva male.

– ...

– Ahia! Ahiaa! Ahiaaa! E basta, con questi pizzicotti con la girataaa!

9.

– Checco!

– Mamma!

– Checcho!

– Mammaaa!

– Perché stai piangendo?

– Mi hanno rubato la merenda.

– E chi è stato?

– Un gruppo di ragazzini.

– Dài, non piangere... Cosa vuoi che sia?

– Ma mamma, mi hanno anche picchiato!

– Disgraziati, picchiare per avere un panino. Dove porta la fame!

– Mamma, mi hanno picchiato dopo averlo assaggiato.

10.

– Mamma?

– Che c'è, noioso?

– Anche la mamma di Mariacogotti sta venendo al collettivo femminista?

– No, non mi risulta. Non al nostro, perlomeno. Che io sappia. Ma perché?

– No, cosí.

– Cosí come? Forza, sputa il rospo.

– No, nulla.

– Sei nervoso, vero?

– No.

– Sí, sei nervoso, quando ti tocchi il pirillo sei nervoso.

– Non mi sto toccando il pirillo! Sono i calzoncini che mi stanno stretti qui.

– Sei nervoso, ti stai toccando il pirillo e mi stai facendo perdere tempo. Avanti! Perché mai la Mamma della tua Maria Cogotti starebbe venendo al collettivo femminista?

– Perché ieri lei mi ha detto che non mi fa piú vedere la patata.

– Guardami bene in faccia, figlio mio.

– Io ti guardo, ma tu non mi picchiare.

– Non ti picchio, ma tu ascoltami bene e smettila di toccarti il pirillo. Insomma!

– Sí, Mamma.

– Punto uno: era ora che questa Maria Cogotti la smettesse con quelle porcherie, il Signore ha finalmente ascoltato le mie preghiere e l'ha illuminata. Punto secondo: cosa diamine c'entra il nostro collettivo?

– No, cosí, sai...

– Sai cosa?

– No, cosí...

– Forza!

– Ecco, sai, io alla manifestazione l'ho sentito che urlavate: «L'utero è mio e lo gestisco io!»

– Sí, e cosa c'entra?

– Mariacogotti mi ha detto che non mi fa piú vedere la patata se non le do cinquecento lire.

– Checco!
– Sí, Mamma
– Avvicinati!
– Niente schiaffi, però!
– Tu avvicinati.
– No!
– Non farmi perdere la pazienza.
– No, dài…
– Avvicinati!
– Niente schiaffi, però.
– Tranquillo, figurati, fidati di Mamma tua.

11.

– Mamma, scusa, mi dispiace. Però non essere cosí triste.
– Non sono triste. Mi fanno solo male le mani per gli schiaffi che ti ho dato.

12.

– Mamma?
– Sí.
– Ma non è una contraddizione essere femministe e andare in chiesa?
– E chi l'ha detto?
– La maestra Ligias.
– Vieni qua, figlio mio.
– Sí, Mamma.
– Ascoltami bene.
– Sí, Mamma.

– Devi dire alla tua maestra che è una contraddizione essere zitella, senza figli, e pretendere di educare i figli degli altri. Hai capito bene?

– Sí, Mamma, ma...

– Ma cosa?

– Sei sicura che glielo devo dire?

– Certo!

– Sicurissima?

– Sí.

– Super sicurissima?

– No, va be', dài, lascia perdere.

– Grazie, Ma'.

– Fammi una cortesia, però.

– Certo, Mamma.

– Tu ricordale che il nono comandamento è non desiderare la donna d'altri.

– Cosa vuol dire, Mamma?

– Fregatene, figlio mio, lo sappiamo io e la moglie del preside.

13.

– Ma'...

– Che c'è, noioso?

– Adesso che sono piú grande la possiamo smettere con questo panino con margarina e zucchero per merenda?

– Può darsi.

– Dài, Ma'! Gli altri al campetto mi prendono in giro.

– Vedremo.

– Dài, Ma', per favore.

– Va bene.

14.

– Checco!
– Sí, Mamma.
– Hai visto il mio «Postal Market»?
– No, Mamma.
– Sicuro?
– Sicurissimo.

15.

– No!
– Come sarebbe a dire no?
– Non ho voglia di svegliarmi presto anche la domenica.
– Tuo fratello che dice?
– Neanche lui vuole.
– E perché non parla?
– Perché sono io il rappresentante del nostro collettivo.
– Due non fanno un collettivo!
– Va be', comunque noi non ci vogliamo svegliare presto anche la domenica per andare a messa.
– No.
– Cosa, no?
– No, non sento ragioni. Ci andrete, punto e basta.
– Dài, Mamma, per favore!
– Ho detto no.
– Ti prego!
– Sei nervoso, vero?
– Certo! Non voglio andare a messa.
– Sei nervoso, ti stai toccando il pirillo.

– Non mi sto toccando il pirillo, sono questi pantaloni che mi stanno stretti qui!

– Sei nervoso e ti stai toccando il pirillo perché non vuoi andare a messa. Ma ci andrai, cascasse il mondo.

– No! Per favore!

– No! E ora basta!

– Dàiii!

– Non farmi perdere la pazienza! Quando dico no, è no. Punto. Quando dico sí, è sí. Ma quando dico di no, è no! Chiaro?!

– Mamma, tu non dici mai sí. Sei una nazista.

– Maoista, prego, compagno Checco.

16.

– Siete pronti per la messa?

– Sí.

– Forza, di corsa dai salesiani.

– Però non è giusto.

– Cosa?

– Che voi restate a letto e non andate in chiesa.

– Io a messa ci vado a mezzogiorno, con tua nonna.

– Papà però non ci va.

– Che c'entra, papà è comunista.

17.

– Mamma.

– Che c'è? Sto stirando.

– Abbiamo deciso con Giuseppe che diventiamo comunisti anche noi.

– Benissimo.

– Possiamo?

– Certo.

– Togo.

– Bene, allora tieni il ferro da stiro.

– Il ferro da stiro?

– Certo, per essere comunisti bisogna saper stirare.

– Ma va'!

– Papà non si stira le sue camicie?

– Sí, è vero.

– Quindi, vuoi sempre diventare comunista?

– ... mhm...

– Allora?

– ... sí!

– Dài, prendilo che t'insegno.

– Grazie, Mamma.

18.

– Vieni qui.

– Mi devi dare i pizzicotti con la girata? Non ho combinato nulla.

– No, ti devo dire una cosa.

– Sicura?

– Vieni qui, forza.

– Dimmi.

– Volete entrare nei lupetti?

– Io e Giuseppe?

– Certo.

– E cosa si fa nei lupetti?

– Ti dànno una divisa bellissima. Si gioca tutti insieme. D'estate si fa un grande campo estivo con le tende come gli indiani, senza i genitori. Si fanno le gite nei boschi, in montagna. Poi ci sono le coccinelle, che sono le bambine, e gli scout piú grandi, che vi insegnano a fare le capanne...

– Anche l'arco indiano?

– Sí, anche quello.

– E le frecce?

– Sí, t'insegnano a fare anche quelle.

– Togo!

– Allora, ci vuoi andare?

– Sí. E poi che altro si fa?

– Poi la domenica mattina ci si sveglia presto per andare alla messa.

19.

– Ma'!

– Che c'è?

– Noi andiamo agli scout!

– Prendetevi la merenda! È sul tavolo della cucina.

– Il solito panino margarina e zucchero?

– No, tranquillo. Ho cambiato.

– Togo!

– Ogni promessa è debito.

– Grazie, Ma', grazie.

– Figurati.

– Ma'!

– Che c'è ora, noioso?

– Ma allora che cavolo hai messo nella rosetta?

– Margarina e sale.

20.

– Perché hai quella faccia?

– Perché agli scout ci hanno preso in giro.

– E perché?

– Perché tutti avevano Buondí e Coca-Cola e noi eravamo gli unici con quel cavolo di panino.

– E quindi?

– Quindi ci hanno detto che siamo dei poveracci.

– Ma noi *siamo* dei poveracci.

– Siamo dei poveracci, Ma'?

– Be', con tuo padre senza stipendio e ricoverato in ospedale e il mio stipendio da insegnante, credi che navighiamo nell'oro?

– No, Ma'. Scusami, Ma'.

21.

– Pronto, Mamma? Sono io.

– Tu? Ma avete il telefono in campeggio?

– No, Mamma, sono alla guardia medica di Burcei con don Antonio e Massimosaba.

– Alla guardia medica? Oddio mio! E cosa si è fatto don Antonio?

– No, Mamma, sono io che mi sono fatto male.

– Cos'hai combinato, disgraziato?!

– Nulla, Mamma, stavo facendo il passaggio indiano con la corda. La corda si è spezzata e sono finito con il ginocchio su una pietra tagliente. Il dottor Paderi vuole sapere se…

– Il dottor Paderi?

– Sí, Mamma.

– Ma il dottor Tonino Paderi di Lunamatrona che quando era studente alla facoltà di Medicina a Cagliari tua zia Dededda gli aveva affittato una stanza nella casa che tua nonna le aveva lasciato in via Ospedale prima dei bombardamenti?

– Mamma, scusa, ma il dottor Paderi prima di mettermi i punti vuole sapere se...

– ... che poi lui, il dottor Paderi, si era sposato con Anna Sonnino, mia collega di università, figlia del maggiore Sonnino, te lo ricordi il maggiore Sonnino? Sí che te lo ricordi, perché al Lido dell'esercito quando avevi due anni ti comprava sempre il lecca-lecca alla Coca-Cola...

– Mamma, sto perdendo molto sangue e il dottor Paderi vuole sapere se ho mai fatto l'antitetanica.

– ... poi, mischino, il maggiore Sonnino si era sentito male in acqua ed era morto affogato e il genero, il dottor Paderi, quel giorno non era in spiaggia ma alla mensa a giocare a biliardino e non si era accorto di nulla e io credo viva ancora con un grande rimorso...

– Mamma...

– ... infatti poi per questo avevano lasciato Cagliari. Ah, ecco dove era finito! A Burcei, anche se io sapevo che erano a Muravera e avevano avuto due figli, un maschio e una bambina che...

– MAMMA!

– Che c'è?

– L'ho fatta l'antitetanica!?

– Uffa, noioso! No che non l'hai fatta! Ma lui è *quell'*Antonio Paderi o no?!

22.

– Fammi vedere questo ginocchio, che lo laviamo un po'.
– Piano, Mamma, che mi fa male.
– Forza, metti la gamba nella vasca.
– Ahi! L'acqua è bollente!
– Macché bollente, è appena tiepida.
– Scotta.
– Brutta ferita, profonda. Ora ti pulisco tutt'intorno col cotone. Tu cerca di non finire per intero dentro la vasca.
– Sí, Mamma.
– Quanti punti ti hanno messo?
– Venti, e il dottore ha detto che rimarrà una brutta cicatrice.
– Meglio cosí. Se un giorno dovessi andare via, figlio mio, e tornare dopo tanti anni, io ti riconoscerei da questa cicatrice. Come Euriclea con Ulisse.

23.

– Checco!
– Sí, Mamma.
– Hai visto il mio «Postal Market»?
– No, Mamma.
– Sicuro?
– Sicurissimo.
– Ma io non lo so! In questa casa ci sono i fantasmi e il «Postal Market» sparisce sempre!

24.

– Ma'.
– Che c'è, ora?
– Ma non ti bastavamo io e Giuseppe?
– In che senso?
– Nel senso della sorellina che deve arrivare.
– Sei geloso, vero?
– No.
– Sei geloso perché adesso tutte le attenzioni si sposteranno su di lei.
– No!
– Sei geloso.
– Ho detto di no!
– E allora qual è il problema?
– Il problema è che abbiamo due stanze da letto, in una ci dormite tu e papà, in una io e Giuseppe. Lei dove dorme?
– All'inizio dormirà con noi, poi bisognerà trovare una casa un po' piú grande.
– Ecco, era quello che temevo.
– Sei geloso.
– No, Mamma, ti assicuro. Solo, non mi va di lasciare la nostra casa.
– Sei geloso.
– Uffa, no, Mamma, non mi va di lasciare tutto. Mi capisci?
– Sei geloso.
– Ma no! MAMMA! Mi ascolti?! Non sono geloso, maledizione! Non mi voglio trasferire! Non voglio perdere tutti gli amici del palazzo! Non voglio cambiare scuola! Non voglio lasciare i boy-scout! Non voglio lasciare i compagni di classe! Hai capito o no? Uffa! Non mi voglio tra-sfe-ri-re!
– Sei geloso.

25.

– Checco!
– …
– Checco! Vuoi uscire dal bagno? Forza, che mi devo truccare.
– Un attimo!
– Esci!
– Un attimo!
– Esci, che ho fretta.
– Un attimo!
– Esci dal bagno, porca di una miseria! Esci…
– Eccomi.
– Cos'hai dietro la schiena?
– Letture.
– Letture? Fa' vedere!
– Tieni.
– Il «Postal Market»! Il «Postal Market»?
– …
– Cosa diavolo avrai da leggere sul «Postal Market»?
– Embe'? Papà non va in bagno con «l'Unità»?

26.

– Vieni qua.
– Dài, Ma', non rompere.
– Vieni qua.
– Uffa, e dài.
– Ho detto vieni qua.
– Dimmi.
– Stai ancora frequentando quella Maria Cogotti?

– ...
– Allora?
– Non proprio.
– Come sarebbe a dire, non proprio?
– Sarebbe a dire che anche lei si è iscritta all'Agesci nelle guide.
– Mhm, bene. E vi frequentate?
– No, preferisce quelli piú grandi, i rover, a noi scout ci ignora.
– Preferisce in che senso?
– Eh, in quel senso.
– Storie di patata?
– No, storie di marmotta.
– Di marmotta?
– Eja, Ma'. Di marmotta.
– Di marmotta? Che diavolo vuol dire di marmotta?
– Vuol dire che le sono cresciuti i peli, Ma'!

27.

– Guarda cosa ho trovato!
– Il battipanni!
– Te lo ricordi?
– Certo, che me lo ricordo.
– Che bei tempi.
– Ah sí, proprio bellissimi.
– Che botte che vi ho dato con questo. Mi ricorda tanto quando eravate ancora bambini. Che tempi.
– Guarda, Mamma, che l'ultima volta che mi hai picchiato con il battipanni è stata quando ti ho detto che non avrei proseguito l'università.
– Ah, davvero?

– Sí, davvero.

– Non me lo ricordavo.

– Me lo ricordo io, come mi ricordo tutte le volte che mi hai lasciato impressi sulle cosce i segni di questo maledettissimo battipanni.

– Poverino, adesso è vecchiarello. Povero battipanni, lo comprai alla bottega di signora Noretta che, mischina, è morta. L'ho comprato l'anno prima che nascessi. Però ha tenuto bene, non si è mai rotto.

– Certo, Ma', l'hai sempre e solo usato per picchiarci.

– Be', vi nascondevate sotto il letto...

– Vuol dire che non eravamo votati al martirio.

– ... e per stanarvi usavo la scopa. Ecco, le scope, quelle sí che se ne sono rotte tante...

– Ci stanavi come topi, la scopa in una mano e il battipanni nell'altra. Pronta a colpirci come sbucavamo fuori.

– ... tuo padre non approvava, ma mi lasciava fare...

– Ma'!

– ... però credo di non aver fatto male a crescervi cosí...

– Mamma!

– ... non come oggi, con i genitori asserviti ai figli...

– Mamma!

– ... credo che una passata di battipanni non abbia mai fatto male a nessuno, anzi...

– MAMMA!

– Che c'è, noioso?

– Ora che l'hai ritrovato, cosa vogliamo farne, lo buttiamo?

– Ecco, no. Era questo che volevo dirti.

– Dimmi, Ma'.

– Adesso che hai deciso di andare a vivere da solo, Mamma ti fa un grande regalo. Tieni, prendilo e fanne buon uso con i figli che verranno.

A mare

Mamma ha amato pazzamente mio padre e il mare. La storia d'amore fra lei e suo marito è un fatto privato. Quella per il mare no. Morto papà, coltiva con determinazione l'ultimo amore che le è rimasto.

1.

– Quest' anno abbiamo fatto l'abbonamento per il Lido.
– Ma il Lido quello vero?
– Sí.
– Ma dicevi sempre che costava un occhio della testa.
– Ce l'hanno regalato i nonni.
– Io ho un po' di vergogna.
– Perché?
– Perché ci sono tutti i bambini ricchi.
– E quindi?
– Quindi io non ho il costume di marca.
– E quindi?
– Quindi mi prenderanno in giro se non ho il costume di marca.
– Che problema c'è? Lo compriamo.
– Davvero?

– Certo.
– E quando?
– Quando passi l'esame di quinta elementare.
– Ma Mamma, io quest'anno sono in terza!
– E quindi?
– Quest'estate mi uccideranno, al mare!
– Non credo. Ti rafforzerai lo spirito. E ora fila a fare i compiti o ti ammazzo io.

2.

– Mamma, ma gli abbonamenti per il Lido sono due!
– Certo! Io e papà siamo due.
– E noi?
– Tu e Giuseppe passate dal mare, vi imboscate.
– Cioè?
– Cioè Mamma vi lascia prima del muro dello stabilimento.
– Sí.
– Percorrete il tratto di spiaggia che separa lo stabilimento dell'aeronautica militare dal Lido.
– Sí.
– Poi vi tuffate in acqua e dal mare arrivate al Lido, senza farvi beccare dai bagnini.
– Ma Mamma! I bagnini se ci beccano ci picchiano con la pompa!
– E che sarà mai! Non sarà peggio di quando vi picchio io col battipanni!

3.

– Mamma, i bagnini ci hanno scoperto. Però non ci hanno picchiati.

– E come mai?

– Ci hanno chiesto dove stavamo andando e io ho indicato il tuo ombrellone.

– E loro?

– Uno ha chiesto se eravamo i figli della professoressa. E Giuseppe gli ha detto di sí e si è messo subito a piangere.

– E loro?

– Uno ha detto all'altro che già avevamo i guai nostri e di lasciarci stare.

– ...

– Ma'...

– Sí.

– Quali sono i guai nostri?

4.

– Checco.

– Sí, Mamma.

– Perché sei nervoso?

– Non sono nervoso.

– Certo che sei nervoso, ti stai toccando il pirillo.

– No, non mi sto toccando il pirillo.

– Sí che ti stai toccando il pirillo.

– No, Mamma, è che i pantaloncini mi stanno stretti qui.

– Però sei nervoso.

– Un po'.

– Perché?

– Perché ci hanno preso in giro.

– Chi?

– Gli altri bambini.

– E perché? Perché i vostri costumi non sono di marca?

– Sí, anche.

– E poi? Oh, la smetti di toccarti il pirillo?!

– Perché hanno detto che Giuseppe ha la testa a forma di melone.

– Ah!

– Sí, ci hanno rincorso urlando: «Conch'e meloni! Conch'e meloni!»

– Va be', dài, sono solo dei bambini.

– Ma c'erano anche tre mamme che ridevano! E una ha detto: «Guarda che loffio, ha la testa da melone!»

– Ah!

– Mamma.

– Sí.

– Io prima di ieri non mi ero accorto che Giuseppe aveva la testa cosí.

– Vieni qui.

– Sí.

– Sai perché Giuseppe ha la testa cosí?

– No.

– Perché Giuseppe è stato un po' pigretto. Non voleva nascere.

– Sí.

– E Mamma stava *molto* male. Anzi, Mamma stava per morire e con lei Giuseppe.

– Sí.

– Allora i medici hanno deciso di farlo uscire a forza usando il forcipe.

– Cos'è il forcipe?

– Hai presente le pinze che usiamo per prendere l'insalata?

– Sí.

– Ecco, per farlo nascere hanno usato quello. Hanno infilato il forcipe dentro Mamma, hanno acchiappato la testa di Giuseppe e l'hanno tirato via. Solo che hanno stretto male e troppo forte. Cosí tuo fratello Giuseppe è nato con la testa un po' schiacciata.

– ...

– Checco! Dài, non piangere!

– ...

– Checco, dài, non... e smettila di toccarti quel pirillo!

– Scusami, Mamma.

– Forza, asciugati le lacrime.

– Scusami, Mamma. Io non lo sapevo. Li avrei dovuti picchiare tutti.

– No, figlio mio, hai fatto bene a non reagire. E smettila di piangere, dài!

– No, li dovevo picchiare tutti! Invece sono scappato.

– Hai fatto bene. «A chi ti percuote sulla guancia, porgi anche l'altra; a chi ti leva il mantello, non rifiutare la tunica».

– No! Sono scappato e poi ho sgridato fortissimo Giuseppe perché per colpa sua ci prendevano in giro. Ma io non lo sapevo che stavate per morire... non lo sapevo... non lo sapevo... scusa, Mamma.

– Dài, smettila di singhiozzare e vai ad abbracciare tuo fratello, chiedigli scusa... e smettila di toccarti!

– Sí, Mamma, vado subito.

– Checco.

– Sí, Mamma.

– Vieni qua e fatti abbracciare.

– Davvero, Mamma?

– Vieni e fatti abbracciare.

– Mamma, non mi avevi mai abbracciato prima d'ora.
– Ecco, bravo, abbracciami e non prendertela a vizio.

5.

– Mamma, vogliamo anche noi le tessere per lo stabilimento.
– Non ce le possiamo permettere.
– L'acqua alle otto del mattino è freddina.
– Capirai. Tuo nonno si è fatto quattro anni di prigionia ai piedi dell'Himalaya, lí sí che c'era freddo.
– E poi il tratto di spiaggia che dobbiamo fare a piedi nudi è pieno di bottiglie rotte.
– Capirai. Abebe Bikila ha vinto la maratona di Roma, a piedi nudi.
– Era nostro parente?
– Non fare il cretino e portami la sdraio in spiaggia.
– Ma', sei una schiavista.
– No, figlio mio, Mamma ti abitua alle avversità della vita.

6.

– Mamma!
– Giuseppe!
– Mamma!
– Oddio, Giuseppe! Fatti vedere, cosa ti sei fatto? Sei tutto sporco di sangue!
– No, Mamma, io niente.

– E tutto questo sangue?!

– Il sangue è di Checco.

– Il sangue è di Checco?

– Sí.

– E dov'è quel disgraziato?

– Al pronto soccorso dello stabilimento.

– Che cosa ha combinato?!

– Si è picchiato.

– Si è picchiato?

– Sí.

– E perché? Con chi? Forza, parla! Anche le parole a te bisogna levare col forcipe!

– Si è picchiato con i bambini che mi prendevano in giro e mi urlavano contro: «Conch'e meloni! Conch'e meloni!»

– Ma porca miseria! Gli avevo detto...

– Mamma.

– Che c'è?

– Guarda che lui non ha colpa. La colpa è mia che ho la testa cosí.

7.

– Dov'eri? A picchiarti con altri bambini?

– No. Ai casotti da Mariacogotti.

– E dringhidi con questa Maria Cogotti.

– Preferisci che mi picchi con quegli scemi?

– No, anche perché poi regolarmente le prendi.

– Però tengo saldo il mio onore.

– E chi te l'ha detta questa stupidaggine?

– Il bagnino fascista.

– Buono, quello.

– Però ora ho il rispetto dei bagnini, che ci difendono, a me e Giuseppe. Perché i bagnini sono proletari come noi.

– Noi non siamo proletari e non siamo fascisti. Siamo solo in disgrazia.

– Sarà. Ma intanto non ci possiamo permettere le tessere.

– Perché tuo padre entra ed esce dall'ospedale, e quando è dentro non lavora, e se non lavora non guadagna, e se non guadagna dobbiamo vivere solo con il mio stipendio da insegnante.

– …

– E poi tuo padre non sarà mica contento che fai comunella con i fascisti.

– Cosa vuoi che ne sappia papà?! Non sa mai nulla di noi. Quello abita in ospedale!

– Non azzardarti a parlare cosí di tuo padre! Hai capito? Non azzardarti! E ora sei in punizione. Niente Maria Cogotti, niente casotti, stai fermo qui, io vado a fare il bagno, tu guardami la borsa.

– Sí, Mamma.

– E non piangere!

– Neanche tu!

– Io non sto piangendo!

– Sí.

– Forza! Vieni con me a fare il bagno.

– Sí, Mamma.

8.

– Dov'eri? A picchiarti con altri bambini?

– No, Mamma, te l'ho promesso: non mi picchio piú.

– E dov'eri?

– Ai casotti da Mariacogotti.

– E dringhidi con questa Maria Cogotti.
– Abbiamo fatto le sculture di sabbia.
– Tu cosa hai realizzato?
– Un pescecane.
– Bravo. E Maria?
– Un uomo nudo con un pisello lungo cosí.
– Fa' vedere. Lungo quanto?
– Cosí.
– Non può essere. Non esistono piselli cosí lunghi.
– Davvero?
– Fidati di Mamma.

9.

– Mamma, se faccio il giro dalla spiaggia senza lagnarmi, ti porto dalla cabina all'ombrellone la sedia e la sdraio, ti faccio scaldare al bar il biberon con il latte per la sorellina, dopo posso andare ai casotti?
– Sí, portati anche tuo fratello, però.
– No, dài, Ma'!
– Portati tuo fratello!
– No, e dài, Ma'!
– Ho detto: PORTATI TUO FRATELLO!
– No!
– Dov'è che devi andare?
– Ai casotti.
– Da Maria Cogotti, vero?
– Sí.
– Allora sentimi bene: o ti porti tuo fratello appresso o mi ridai le cinquecento lire che ti sei fatto regalare da tuo nonno.

10.

– Signora Peddisi, le presento mio figlio, il grande.
– Eh, bruttarello, mischineddu.
– Sí, ha preso tutto dal padre. Anche la malattia.
– La malattia?
– Sí, la malattia, sono destinati a morire giovani tutti e due. Fegato. Epatite.
– Signora, mi scusi, sono costernata, non sapevo, mi perdoni. Oddio, non mi sarei mai immaginata...
– Si figuri, signora Peddisi...
– Ma chi poteva immaginare...
– «Fino a quando, o inesperti, amerete l'inesperienza e i beffardi si compiaceranno delle loro beffe e gli sciocchi avranno in odio la scienza?»
– Come ha detto?
– Nulla, citavo la Bibbia. Piuttosto, signora Peddisi, le volevo chiedere...
– Mi dica, mi dica.
– Ma poi suo marito l'aveva riconosciuto il figlio della vostra domestica o no?

11.

– Ma'...
– Che c'è, figlio mio?
– Perché hai detto quella cosa alla vicina di ombrellone?
– Alla signora Peddisi?
– Eja, Ma'.
– Perché la gente apre la bocca a vanvera.

– Ma quindi io morirò giovane?
– Peddi mala no moriri.
– Eh?!
– Pelle cattiva non muore!
– E io sono cattivo?
– Stai continuando a frequentare la tua amica?
– Chi? Mariacogotti?
– Sí.
– Eja, Ma'.
– Bravo, continua cosí che ci seppellirai tutti.

12.

– Mamma, posso fare il bagno?
– Non ancora, noioso! È la decima volta che me lo chiedi!
– E quando posso?
– Dopo due ore dal pranzo.
– E quanto manca?
– Uffa, mezz'ora.
– E se mi tuffo adesso cosa succede?
– Ti viene una congestione.
– E poi?
– Muori.
– E io mi tuffo lo stesso, tanto hai detto alla signora Peddisi che muoio giovane.
– Tu muori giovane in questo istante per le botte che ti do io.

13.

– Signora Peddisi, buongiorno.
– Buongiorno a lei, mi sono permessa di portare un regalo per suo figlio. Quello malato.
– Tu vieni qua e ringrazia.
– Grazie, signora Peddisi, cosa sono?
– Una maschera e un boccaglio.
– Ringrazia.
– Grazie, signora Peddisi, grazie mille a lei, a suo marito e alla domestica.

14.

– Non c'era bisogno che mi picchiassi in spiaggia davanti a tutti.
– Zitto, e asciugati il moccio!
– Una volta almeno mi dicevi che facevamo i conti a casa.
– ...
– Mamma, ma che fai? Perché mi sorridi?
– *Hhmpf... hhmpf...*
– Ma che fai, stai ridendo?
– Ahahahahahahahah ahahahahahahaha
– Ahahahahahahahah ahahahahahahaha
– Ahahahahahahahah ahahahahahahaha
– Mamma, ti voglio bene.
– Anche io, figlio mio.

15.

– Mamma! Noi andiamo in spiaggia per conto nostro con l'autobus P!
– Prendetevi anche vostra sorella!
– No, dài, Ma'!
– Prendetevi anche vostra sorella, ho detto!
– No!
– Ho detto: prendetevi anche vostra sorella!
– No, dài, Ma'. Dove andiamo noi ci sono solo ragazzi, se ci presentiamo con una bambina ci prendono in giro!
– Noioso! Dove devi andare, ai casotti da Maria Cogotti?
– Da chi?
– Quella della patata!
– Chi?
– Quella della marmotta!
– Boh, ma chi?
– Sí, va be'.

16.

– Pronto, Checco?
– Sí, Ma', ma dove sei?
– In bidelleria, a scuola, dove vuoi che sia?
– Boh, sento rumore come di acqua.
– Acqua?
– Sí, onde.
– Onde?
– Sí, Ma'.
– Ah no, sono le bidelle che stanno passando lo straccio.
– Sí sí...

– Senti, organizzatevi per il pranzo, che qui con gli scrutini finiamo tardi.

– Okay, Ma'.

17.

– Sto uscendo! Anche oggi non torno per pranzo, abbiamo gli ultimi scrutini. Vi ho lasciato il pranzo pronto.

– Maaa'!

– Che c'è, noioso? Sono sulla porta e ho fretta!

– Qui non c'è nessun pranzo pronto!

– Come, non c'è?! I pelati sono nell'armadio a lato del frigo, la pasta ve l'ho messa nello scaffale di destra e per l'acqua basta aprire il rubinetto! Piú pronto di cosí.

18.

– Ciao Ma'.

– Ciao.

– Come sono andati gli scrutini?

– Bene, perché?

– Perché hai i sandali ancora sporchi di sabbia.

19.

– Ma'.

– Che c'è, noioso, non lo vedi che sto facendo la marmellata?

– È di questo che ti devo parlare.
– Dimmi.
– Quanti anni sono che andiamo al Lido?
– Dunque, fammi pensare: tua zia Annarella aveva già avuto Giovanna ma non Marcella, tua bisnonna Maria era già morta, tu eri al quarto ricovero e mi sembra che tuo padre fosse già stato ricoverato a Padova, tua nonna Giovanna…
– *Humpf, humpf*…
– Che fai? Stai ridendo?
– No, Ma'.
– Tua nonna aveva già cambiato la caldaia e aveva litigato con tuo nonno che voleva attendere l'arrivo del gas di città, tuo zio Roberto si era sposato da…
– *Humpf, humpf*…
– Stai ridendo.
– No, Ma'. Giuro.
– Tua sorella era appena nata, lei è del 1972, novembre, quindi… no, però quell'anno non abbiamo fatto le tessere perché tuo zio Nannino Maxia…
– Ahahah ahahah ahahah!
– Che fai, disgraziato? Perché ridi?
– Per il tuo calendario.
– Il mio calendario è infallibile.
– Sí sí.
– Non ci credi?
– Ma smettila.
– Quanto ci scommetti?
– Okay, dimmi, in che anno ho preso la borsa di studio?
– Facilissimo. È l'anno in cui sei andato per la prima volta in discoteca. La ragazzina che ti piaceva e con la quale dovevi vederti lí si stava già baciando nel parcheggio con uno di seconda liceo. Tua zia Lisetta ti aveva recuperato

ubriaco e piangente in viale Poetto alle tre del mattino. La borsa di studio era di cinquantamila lire, l'hai presa in quarta ginnasio, con quei soldi ti eri vestito da capo a piedi per andare a ballare, ma le Clarks nuove non siamo mai riuscite a ripulirle bene del tuo vomito. Tuo nonno Pippo il giorno dopo compiva gli anni, mi hai accompagnato a prenderlo per portarlo a pranzo a casa nostra, nel tragitto in macchina hai rimesso di nuovo, sporcando il cappotto di tua nonna. Nonno rideva. Nonna quasi piangeva. Quindi, la borsa di studio l'hai presa nell'autunno, la figura di merda è del 15 novembre 1978.

20.

– Però non vale.

– Cosa, non vale?

– Picchiarmi con il mestolo sporco di marmellata. Ho ventun anni, Ma'...

– Sappi che ti picchierò anche a cinquanta!

– Comunque, lo sai quanti anni sono che andiamo al Lido?

– No, noioso! Dimmelo tu.

– Sono dodici anni. La prima volta era il giugno del 1971 e Giuseppe compiva quattro anni.

– Sí, me lo ricordo.

– E ti ricordi cosa gli avevi preparato per la sua prima festicciola in spiaggia?

– Certo! La crostata con la marmellata di arance fatta da me!

– Ecco, Ma', il punto è questo.

– Quale punto?

– Che domani Giuseppe compie diciotto anni.
– Embe'?
– E tu per il quattordicesimo anno gli stai preparando la crostata con la marmellata fatta da te.

21.

– Sei triste?
– No, sono arrabbiata.
– Va be', Ma', prima o poi te lo dovevo dire che quella crostata non è mai piaciuta a nessuno.
– Una bugia in piú non ti costava nulla.

22.

– Ecco qua le vostre tessere del Lido.
– Finalmente, Ma', ci sono voluti quindici anni.
– Questa è la tua. E questa è quella di Giuseppe. Prendetele.
– Come mai questa svolta, Ma'?
– Per gli orfani sono gratis.

23.

– Ciao Checco.
– Ciao Mamma.
– Dove sei?

– In redazione, Ma'. Lavoro. E tu?

– In spiaggia.

– In spiaggia? Mamma, è il 12 dicembre!

– Ho fatto anche il bagno.

– Il bagno?

– Sí, l'acqua era calda, dopo la pioggia l'acqua è sempre piú calda.

– Sarà.

– Ora poi splende un sole fantastico e ho steso l'asciugamano sulla sabbia. Cosí ti ho pensato.

– Mamma?

– Sí, figlio mio.

– Tu sei pazza, rischi di ammalarti.

– Era proprio a questo che pensavo.

– Che cosa?

– Quanti anni hai?

– Quaranta, Mamma.

– E mi hai mai visto ammalata in vita tua?

– ...

– Allora?

– No, ora che ci penso, no. In effetti, non ti ho mai visto ammalata.

– Ecco, pensavo a te e tuo padre, alla vostra malattia. Pensavo alla vostra vita di continui ricoveri, le cure dolorose e inutili, le operazioni ancora piú dolorose e inutili, il calvario di tuo padre, la sua morte, e tu che peggiori sempre di piú.

– Mamma, ti prego, non dire cosí.

– Pensavo che, forse, se fosse spettata anche a me una bella fetta di malattia... ecco, forse a voi sarebbe stata risparmiata un poco di sofferenza.

– Mamma, ti prego, non dire cosí.

– Però non mi sono mai ammalata.

– Perché dovevi reggere la nostra croce, Mamma.
– Forse devo pagare le colpe di una precedente vita.
– E chi eri in una precedente vita?
– Un pesce. Piccolo ma dispettoso.
– Uno squaletto?
– Stamattina, quando sono venuta qui presto, sai, il mare era una lastra azzurra, piatta, brillava al sole. Non c'era un filo di vento. Il silenzio assoluto. E mentre mi spogliavo ho visto le pinne di due delfini. Andavano su e giú. Sembrava che danzassero. Su e giú. Erano bellissimi, figlio mio. Non so chi sono stata, ma di sicuro nella prossima vita voglio essere un delfino.
– Non ti vuoi riunire a papà?
– Certo, tuo padre è già in mare che mi aspetta.

24.

– Mamma, buongiorno, dove sei?
– A fare la spesa.
– E non vai al mare oggi?
– Al mare?! È il 13 dicembre, ti sembra giornata per andare al mare?! C'è un freddo di galera!

25.

– Mamma?
– Ciao Checco.
– Che è successo? Sono le 6,30 del mattino.

– È morto signor Addis.
– Chi?
– Il signor Addis.
– Mamma, chi è il signor Addis?
– Il capo dei bagnini del Lido.
– Oh, poverino.
– Ti ricordi? Ti aveva preso in simpatia e vi difendeva dalle angherie di quegli stronzetti figli di papà e da quelle burricche delle loro madri.
– Mamma!
– E be', figlio mio, la verità bisogna dirla com'è. Quelli erano degli stronzetti e le madri delle vere asine calzate e vestite.
– Da bambini non ci dicevi cosí.
– Eravate bambini.
– Cercavi di minimizzare.
– Era mio dovere.
– Non ci difendevi mai. Stavi in disparte e lasciavi che gli eventi ci piombassero addosso.
– Volevi una madre diversa? Una gonna a cui attaccarti? Volevi crescere mammone?
– No, Ma', è stato meglio cosí.
– Mi accompagni al funerale del signor Addis?
– Dicevi che era un fascista.
– Veramente lo dicevi anche tu e con vanto.
– Un fascista fa sempre comodo in famiglia.
– Questa l'ha già detta qualcun altro.
– Comunque, fascista o no, signor Addis era un brav'uomo.
– Sí, un brav'uomo. Ti va di accompagnarmi al funerale?
– Va bene. Dov'è la messa?
– Alla chiesa della spiaggia del Poetto. Cosí poi mi accompagni in spiaggia e Mamma si fa anche il bagno.

– Mamma.
– Che c'è?
– Sai che mese è?
– Sí, aprile. Che bello. Un'altra estate sta arrivando per noi.

26.

– Embe'! Oh, signora, che ha da guardare? Non ha mai visto un bagnino con l'orecchino?
– Con l'orecchino sí, con tutto quel cerume no.

Nelle patrie corsie

Cinquant'anni di ricoveri. Dal 1966 a oggi mia madre ha dovuto supportare e sopportare un marito e un figlio malati di epatite e accolti nelle patrie corsie d'ospedale. A modo suo, ovviamente.

1.

– Mamma, mi dispiace.
– Di cosa, figlio mio?
– Che dobbiate passare la Pasqua con me in ospedale.
– Non ti preoccupare. Speriamo che in questo giorno di resurrezione anche tu possa risorgere.
– Grazie, Mamma.
– Grazie a te.
– Perché, Mamma?
– Perché sei la mia croce.

2.

– Se vuoi, domani che è domenica te lo porta Mamma, il pranzo.

– Non ti disturbare, Ma'.
– Va be', almeno fatti portare una merenda.
– No, Ma', meglio di no.
– Perché?
– Perché hanno scoperto che la margarina fa malissimo al fegato.

3.

– Be', cosa hanno servito?
– Stai zitta, Ma', anche questa domenica pollo lesso e patate lesse.
– Sorpresa!
– ...
– Mamma ti ha portato la cena!
– Grazie, Mamma, grazie! E cosa mi hai portato?
– Fagiolini lessi con patate e pollo lesso.

4.

– Ciao Ma'.
– Ciao.
– Come sta papà?
– Lasciamo perdere, poi in quell'ospedale è da una settimana che gli dànno lo spezzatino e non ne può piú.
– Io lo odio, e anche qui sono sette giorni che non ci dànno altro.
– E indovina cosa gli avevo portato oggi?

– Spezzatino.
– Bravo, ma non ho avuto il coraggio di darglielo.
– Giusto.
– Cosí l'ho portato a te.

5.

– Come va, figlio mio?
– Benino, dài. Ho appena finito la visita e stasera mi dimettono.
– Si sono ricordati che è da dieci mesi che non fai la colonscopia?
– No, per fortuna no.
– Meno male, è una vera rogna.
– Sí, Mamma, una vera rogna.
– Sí, soprattutto la preparazione.
– Quelle bustine da ingerire che fanno schifo.
– Due giorni seduti sul gabinetto.
– E poi quel tubo su per il...
– Sí, figlio mio, una vera rogna. Che il Signore te la eviti.

6.

– Signor Francesco, buongiorno.
– Buongiorno, dottoressa.
– Ho qui con me le analisi che non mi piacciono per nulla e... Oh! Ma vedo che è venuta a trovarla sua madre. Buongiorno, professoressa.

– Buongiorno, dottoressa. Ma ci conosciamo?

– Certo, professoressa. Lei non è la figlia del colonello Pisano?

– Certo, sono io.

– Ecco, io sono la nipote del colonello Cicatiello.

– Oh, carissima! Si faccia baciare!

– Professoressa! Ma che piacere, si faccia baciare anche lei!

– Ma che bella ragazza che si è fatta! Era già bellissima da bambina!

– Mamma, dottoressa, scusate. Le mie analisi?

– Non esageri, professoressa. Lei, piuttosto, è sempre una ragazzina!

– Ma no, non esageri lei, invecchio anch'io.

– Professoressa, è una gioia rivederla. Non gliel'ho mai detto, ma lei è sempre stata il mio mito, fin da quando ero bambina. Le sue lotte femministe...

– Be', modestamente...

– La sua scelta di andare a insegnare nelle borgate...

– Be', un obbligo sociale...

– Dottoressa, Mamma, scusate...

– E poi, professoressa, la sua forza nell'allevare tre figli con un marito gravemente malato, che coraggio...

– Dottoressa, Mamma...

– Piuttosto, professoressa, e suo marito? Suo marito, il professore, come sta?

– Be', è diventato avvocato, nel frattempo.

– Oh, complimenti, e come sta l'avvocato?

– Male, malissimo, carcinoma. Ma combatte. Un esempio per questo suo figlio.

– Mi era giunta voce, che tragedia.

– Mamma, dottoressa...

– E suo nonno, il colonnello Cicatiello, come sta?

– Forte come un toro. Invecchia bene. E suo padre, professoressa?

– Forte come un cinghiale. Invecchia benissimo.

– MAMMA, DOTTORESSA…

– E sua madre, professoressa?

– Una meraviglia. E la sua?

– Sempre al mare.

– Sí, infatti la incontro spesso.

– SCUSATE!

– Uffa, che c'è, noioso? La smetti di interromperci?

– Scusate se vi interrompo, ma vorrei sapere in che senso le mie analisi sono andate male, vorrei sapere quanto male, se devo fare una nuova cura e se devo stare ancora per molto ricoverato.

– Guardi, signor Francesco, gliel'avrei voluto spiegare con calma, ma visto che lei è cosí irruento glielo spiego subito!

– Bene, dottoressa, la ringrazio.

– Lei ha la cirrosi e deve fare l'interferone. Lo voleva sapere? Ora lo sa.

– Ecco, noioso, adesso lo sai. L'interferone.

– Le dicevo, professoressa…

– Mi dica, mi dica, dottoressa…

– Ma'…

– Che c'è ora?

– Nulla, ma almeno ti puoi alzare dal tubo della mia flebo?

7.

– Buongiorno, signor Francesco! Buongiorno, professoressa, è sempre un piacere vederla qui.

– Buongiorno, dottoressa.

– Buongiorno…

– Signor Francesco, mi scusi, non troviamo il foglio… ma lo scorso semestre l'ha fatta la colonscopia?

– Sí!

– No, dottoressa. Non l'ha fatta.

– Sí o no?

– Sí!

– No, dottoressa, non dia retta a quel bugiardo di mio figlio. Non l'ha fatta.

– Ma insomma, a chi devo credere?!

– A me, dottoressa. Non mi dimentico mai quando me lo infilano nel sedere.

8.

– Maleducato! Sei un maleducato.

– Dài, Ma', falla tu una colonscopia ogni sei mesi.

– Resti un maleducato.

– Dài, Ma'…

– … e mi hai fatto vergognare…

– Scusami, Mamma.

– Troppo facile chiedere scusa dopo.

– Sí, lo so, ho sbagliato. Però ricordati che quando Pietro domandò: «Signore, quante volte dovrò perdonare al mio fratello, se pecca contro di me? Fino a sette volte?» Gesú gli rispose: «Non ti dico fino a sette, ma fino a settanta volte sette».

– Embe'! Da quando in qua leggi i Vangeli?

– Da quando li lasciano nei cassetti dei comodini degli ospedali e non ho altro da leggere.

– Comunque io non sono tuo fratello! Sono tua madre e mi fermo a una volta. E ora ti saluto!

– Dove vai?

– Da tuo padre, all'oncologico. Piuttosto, quando ti dimettono?

– Dopo pranzo.

– Che fai?

– Stasera un salto al pub.

– Bravo.

– Ahia! Ma che fai, mi ridai i pizzicotti? Cazzo, ho venticinque anni!

– Te ne avrei dovuti dare di piú da bambino. Fetente. E maleducato.

9.

– Giuseppe ! Che ci fai qui al pub?

– Vieni, andiamo in ospedale. Papà è morto.

– Una birra in suo onore.

– Una birra in suo onore.

– Chi c'era quando è morto?

– Solo io.

– ...

– Mi ha chiesto di abbracciarlo.

– ...

– L'ho abbracciato forte.

– Ti ha detto qualche cosa?

– Sí.

– Cosa?

– Sono stato un uomo fortunato.

10.

– Checco?
– Sí, Mamma.
– Tieni, entra in camera mortuaria e metti questa coperta a tuo padre. Lí dentro c'è un freddo cane.

11.

– Cosa ti hanno detto i medici?
– Nulla, Ma', tutto okay.
– Guarda, se mi nascondi qualcosa, ti ammazzo io prima dell'epatite.
– Tranquilla, Ma'.
– Tranquilla un corno, con te non si può mai stare tranquilli.
– Tranquilla, Ma'.
– Non sono tranquilla da quando hai compiuto due anni e ti hanno ricoverato la prima volta.
– Tranquilla.
– Non sono per nulla tranquilla perché sei sempre stato un gran bugiardo.
– Tranquilla.
– Mi hai fatto sempre penare. Prima con lo studio: non ti sei voluto laureare. Poi con questa fesseria che, morto tuo padre, non ti sei piú voluto curare.
– Tranquilla.
– Poi ti sei sposato che non avevi ancora un lavoro fisso in quel cavolo di tuo giornale.
– Tranquilla.

– Poi hai fatto una figlia e subito dopo hai divorziato.

– Tranquilla.

– Insomma, mi stai ascoltando o no?

– Tranquilla, Mamma, tranquilla, se vuoi ti porto al mare.

12.

– Perché mi hai tenuto nascosto che ti devono trapiantare?

– Per non darti un'altra pena.

– È da quando eri bambino che ti spiego che non mi devi dire bugie.

– È un fatto genetico.

– Cosa?

– Le bugie.

– In che senso?

– Che ho preso da te.

– Da me?!

– Sí, da te.

– E chi l'avrebbe detta questa calunnia? Questa immensa fesseria? Questa carognata?

– Dài, Ma', calmati. Sei diventata tutta rossa.

– No! Adesso mi spieghi chi ha detto questa… questa… questa…

– Dài, Ma', calmati…

– Non mi calmo per niente. Adesso tu mi dici chi ha detto questa immensa cattiveria!

– Mio nonno, tuo padre.

– …

– Ma'! Dove vai? Vieni qui! Ma dove vai? Mi devi fare l'iniezione d'interferone…

– Al cimitero!
– Al cimitero?
– Sí, al cimitero, a strappare i fiori che ho messo stamattina sul tombino di tuo nonno!

13.

– Dài, Ma', non prendertela.
– Certo, che me la prendo.
– Ma nonno non ha detto che eri bugiarda, ha detto che sapevi adattare la realtà a tuo uso e consumo.
– Ah be', detto da lui.
– In che senso, Mamma?
– Che mestiere faceva tuo nonno?
– Il carabiniere.
– Per la precisione, la spia.
– Ah!
– Eh sí. Anzi, il capo delle spie.
– Ah!
– Lui sí che ha dovuto adattare la realtà a suo uso e consumo.
– Ah!
– Quindi, se tu sei bugiardo non lo devi a me, ma a tuo nonno!
– Ah, ecco.
– Ma lui lo faceva per il bene della patria.
– E tu, Ma'?
– Cosa?
– Dov'eri oggi?
– Perché? Ho i sandali sporchi di sabbia?

14.

– Come va, figlio mio?
– Preoccupato, Ma'.
– Per le analisi?
– No, perché è dura stare bloccati qui in ospedale mentre fuori c'è una figlia adolescente che cresce senza di me.
– Non ti preoccupare, ci penso io.
– È questo che mi preoccupa.

15.

– Scusami se ieri non ti sono venuta a trovare.
– Figurati, Mamma.
– Ma sono andata al cimitero a sistemare i fiori sulla tomba di tuo padre e sul tombino dei tuoi nonni.
– Ma'?
– Sí.
– Ma perché diavolo lo chiami tombino?
– Perché è piccolino.
– Ah! Comunque sappi che anch'io, quando muoio, voglio un loculo piccolo come quello dei nonni.
– Però quello lo dànno solo a chi si fa cremare.
– Ecco, infatti, allora sappilo, anche io mi voglio far cremare.
– Me lo segno. Comunque, sappi che anch'io mi voglio far cremare.
– Okay, me lo segno anch'io.
– Allora, facciamo cosí: chi resta provvede per l'altro.
– Affare fatto.

16.

– Perché quella faccia, Ma'?
– Ho trovato tua figlia che si baciava sotto casa con un ragazzino!
– Che teneri.
– Che teneri?! Gli ho zaccato una surra!
– No, Ma', dài, poverina! Picchiarla no!
– Non a lei! A LUI!
– A lui?! Ma sei pazza? Poteva...
– Mabbà, è scappato!
– ...
– Comunque, mi dispiace.
– Be', come minimo.
– Mi dispiace per tua figlia che ha scelto uno che scappa davanti a quattro colpi di borsetta di una vecchia.

17.

– Quando ti trapianteranno?
– Non lo so, fra un'ora come fra un anno. Nessuno può saperlo, dipende dal destino.
– Dipende dal Signore!
– Sí, Mamma, dipende dal Signore.
– Oggi sono andata a cambiare i fiori al tombino dei nonni. E ho chiesto loro di intercedere per te.
– Grazie, Ma'. E ti hanno ascoltato?
– Sí, ma prima si sono messi a litigare come al solito.

18.

– Chi è questo che ti hanno portato in stanza?
– Cacioffo, ex barista.
– Mamma mia, quanto puzza!
– Ma', cazzo, abbassa la voce che ti sente!
– Dici?
– Eh sí.
– Va be', bisogna pur che qualcuno glielo dica.

19.

– Come stai, figlio mio?

– Insomma, stanco. Sempre molto stanco. Le gambe gonfie e le emorragie stanno aumentando.

– Hai dormito bene?

– Mica tanto, ho pensato tutta la notte ai nonni.

– Ti volevano bene.

– Sí, è vero.

– In fondo, con tutti i ricoveri di tuo padre, le nostre continue partenze per gli ospedali di Milano e Padova, alla fine vi hanno fatto piú da genitori loro che noi.

– Pensavo a quando nonno mi portava in campagna con lui. Io, Giuseppe e i suoi cani. Ci sentivamo liberi.

– Già. Anche se tuo nonno è stato un padre molto severo. Come te.

– Sono molto severo?

– Solo con te stesso e con chi decide di amarti.

– Dici?

– Dico. Anche con tua madre. Sei sempre stato molto severo con me.

– Mah, sarà. Comunque, pensavo a nonna che faceva con me i compiti di latino e greco.

– Era una brava insegnante, tua nonna.

– Pensavo ai pomeriggi nel salotto, fuori pioveva, ognuno di noi leggeva un libro della loro immensa biblioteca.

– Nonno ti leggeva il *De Bello Gallico*.

– Mi piaceva Giulio Cesare, ma a volte anche Vercingetorige.

– Tuo fratello era fissato con i fumetti.

– Nonna glieli comprava all'edicola di piazza Garibaldi tutti i mercoledí.

– Io non glieli ho mai voluti comprare. Troppo inutili e scemi, pensavo. Sbagliavo.

– Litigavano sempre, i nonni, soprattutto quando giocavano a carte.

– Si amavano molto.

– Ho una foto loro, sai? La porto sempre con me, anche qui in ospedale, è di pochi anni fa. Quando Anna si è sposata. Ecco, guardala. Cosa vedi?

– Tua sorella Anna e suo marito Alessandro che stanno per tagliare la torta nuziale.

– Guarda meglio sullo sfondo.

– Oddio! Mamma e babbo!

– Ecco, e cosa fanno?

– Oddio!

– Ecco, sí. Questi due vecchi quasi novantenni si baciano appassionatamente come ragazzini. Mentre tutti festeggiano, in mezzo al gran casino, loro sono lí in un angolo, si baciano e sembra quasi che non respirino piú.

– Litigavano, ma si amavano come pazzi.

– Mi mancano, Ma'. Mi mancano da morire.

– Tu hai le mani come tuo nonno, morbide e curate.

– Invece nessuno in famiglia ha preso gli occhi di nonna.

– Azzurri, cosí azzurri da sembrare alieni. Invece tutti voi... tutti noi siamo usciti con questi occhi color carbone.

– Ho pensato ai nonni anche perché ieri a cena Grazia mi ha portato la pasta col sugo. E ho riassaporato un gusto che avevo dimenticato, i maccheroni con quel sugo che solo nonna sapeva fare.

– Io non ho mai saputo rifarlo. È una brava cuoca, questa *tua* Grazia?

– Sí, molto.

– Se lo dici tu.

– Ho pensato a come sono morti, dieci giorni l'uno dall'altra. Nonno che non ha saputo resistere all'assenza di nonna. E ora sono lí, in quel tombino, come dici tu, piccolo piccolo, stretti anche nella morte.

– Sei innamorato di questa Grazia?

– Sí, molto, Mamma.

– Non essere severo anche con lei.

– No, Ma', prometto. È per lei che ora non voglio morire.

20.

– Buongiorno!

– Ciao Ma'.

– Buongiorno, signor Cacioffo!

– Buongiorno, professoressa.

– Come andiamo?

– Oggi mi sono lavato, professoressa.

21.

– Guarda Mamma chi ti ha portato!

– …

– Non la riconosci?

– … no, Mamma.

– Non riconosci questa bella dottoressa a braccetto di Mamma?

– … no, mi perdoni, dottoressa. Sa, con tutti i ricoveri che ho fatto…

– È la dottoressa…? La dottoressa…?

– Pirinu!

– No! Lei, signor Cacioffo, stia zitto e si faccia gli affari suoi!

– Mi scusi, professoressa.

– Ecco, bravo. Allora, figlio mio, chi è questa bella ragazza? Dài! Rispondi! Lo vedi che me la fai diventare tutta rossa!

– … no, chiedo scusa, non la ricordo.

– Uffa! Dài!

– Ma', non mi ricordo!

– Maria Cogotti! Quella che da bambino ti chiedeva cinquecento lire per farti vedere la patata.

22.

– Amore, mi riconosci? Sono Grazia. Se vuoi, non aprire gli occhi, non ti affaticare. Ma soprattutto non provare a parlare. Hai un lungo tubo in gola. Non provare neppure a muoverti. Sei collegato a mille macchine. Ti tengo la mano, tu stringimela e basta. Una stretta è un sí, due strette un no. Ora ascoltami. Hai fatto il trapianto. Non è andato tutto bene. Ti hanno operato una seconda volta. Ti sei accorto?

– No. Ah! Va bene, amore. Anche adesso la situazione è molto grave. Tua madre è fuori dalla rianimazione. Perché ora sei qui in rianimazione. Tuo fratello le ha detto chiaro e tondo che le hai vietato di entrare qui dentro. E che le uniche persone che hai autorizzato a starti a fianco se le cose fossero andate male siamo io e lui. Vuoi comunque che la facciamo entrare?

– Va bene, amore, glielo dirò. Si arrabbierà moltissimo, ma glielo dirò.

23.

– Nessuno ti crederà, figlio mio. Nessuno. Che eri malato sin da bambino, che hai visto tuo padre soffrire prima di te. Che hai passato una vita dentro gli ospedali. Che hai fatto anni di cure insopportabili e nel frattempo ti sei messo a fare pure il cretino nelle discoteche. Che sei stato maciullato e ricucito.

– Mamma, smettila! Che ti succede, parli bene di me?

– Ma soprattutto nessuno crederà che hai impedito a tua madre di entrare in rianimazione! A TUA MADRE!

– Non volevo che dopo tuo marito vedessi morire anche tuo figlio.

– Ascoltami bene, figlio mio, ma proprio bene. Io sono

stata allevata dentro una gabbia con le tigri e solo dopo che ho divorato l'ultima mi hanno fatto uscire! Chiaro?!

– Che fai, Ma', piangi?

– Non sto piangendo! Sono gli spruzzi delle onde! E ora muoviti, facciamoci questa benedetta passeggiata in spiaggia!

Lo so già

Bisogna avere fede nelle madri. Sanno ciò che noi non potremo mai comprendere, vedono oltre la nostra capacità visiva. La mamma è una fede, e come ogni fede porta con sé dei dogmi. Due sono i princìpî di fronte ai quali non si può che accettare il mistero. Il primo si esprime con l'assioma: «Lo so io». Il secondo: «Lo so già».

1.

– Mamma, perché anche questa domenica dobbiamo andare a trovare la bisnonna Maria che è sorda e cieca e non si accorge neppure di noi?

– Lo so io.

– E perché papà non viene?

– Lo so io.

2

– Mamma! Mamma! Sono stato promosso con la media del nove!

– Lo so già.

3.

– Mamma! Sono in attesa di una figlia! Sarai nonna!
– Lo so già.

4.

– Mamma, uscirà il mio primo libro!
– Lo so già.

5.

– Mamma, ma perché non mi dài mai una soddisfazione?
– Lo so io.

La 500 color crema

Nel 1973 Mamma comprò una Fiat 500. Dopo anni di trasferte con cattedre a non meno di quarantasette chilometri da Cagliari, dopo mille viaggi nella Fiat 600 del collega professor Pasqualino Carroni (educazione artistica) da egli medesimo guidata con a bordo altri tre colleghi per dividere le spese della benzina, Mamma si è fatta coraggio e, compilando una pila di cambiali alta come il palazzo dell'Enel di via Roma (undici piani), comprò una Fiat 500 color crema. A bordo, sovente, la professoressa Rosetta Pillai (inglese) e la professoressa Gabriella Cocco (matematica).

Anno 2016: Mamma gira ancora con la sua Fiat 500. Il suo arrivo è annunciato dall'inconfondibile rumore della doppia debraiata.

1.

– Mamma, è bellissima.
– Ti piace, Checco?
– Sí, molto. La preferisco alla Mercedes del macellaio.
– Eh, adesso! Un giorno ti insegnerò a guidarla.
– Togo.
– Ha anche i sedili reclinabili.
– E a cosa servono i sedili reclinabili?
– Eh, un giorno lo capirai.

2.

– Mariella!
– Che c'è, Rosetta?
– Ma perché fa sempre un caldo boia in questa tua 500?
– Checco!
– Sí, Ma'?
– Quante volte te lo devo dire di stare attento alla levetta del riscaldamento!
– Oh, Mamma! Ajò, dài. Mica è colpa mia se questi della Fiat hanno messo una cavolo di levetta sotto il sedile di dietro!
– E tu stai attento!
– Solo quelli potevano concepire l'avvio del riscaldamento con una levetta messa in mezzo ai piedi!
– Non lamentarti!
– Uffa!
– Non lamentarti! Io solo una 500 mi potevo permettere! Mica faccio il macellaio.

3.

– Non correre, per favore...
– Dobbiamo arrivare il prima possibile in ospedale!
– Mamma, non correre, per favore.
– Sei giallo come un limone.
– Mamma, per favore, non correre: mi stai facendo venire la nausea.
– Tuo zio Nannino ha detto di correre subito da lui in ospedale!

– Mamma, ma cosí anziché in gastroenterologia finiamo al pronto soccorso.

– Tuo zio ha detto che forse è un attacco di epatite acuta.

– Ma', vai piano, rischio di vomitare.

– Vomitare? No, no, no. Abbassa il finestrino e fai dei respiri profondi.

– Io respiro, tu non prendere le curve cosí larghe e veloci.

– Respira! Fai dei respiri profon... Checco!

– ...

– Ma che hai fatto?

– ... scusa, Mamma...

– Disgraziato!

– ... scusa, Mamma...

– Scusa un corno! Che puzza! Che schifo!

– Scusa, Mamma. Poi pulisco tutto io.

– Scusa un corno, la pelliccia!

– Mamma, non mi dài la paga della settimana e la portiamo in lavanderia.

– La mia pelliccia...

– Dài, Mamma, la tua pelliccia tanto è sintetica.

– La mia pelliccia è...

– Dài, Ma'. Ti prego, sto male...

– La mia pelliccia è...

– Mamma, dài, la laviamo per bene.

– La mia pelliccia è... è piena di pezzetti di würstel! Disgraziato! Col fegato che ti ritrovi lo sai che non devi mangiare i würstel. Quante volte te lo devo dire? Non devi rubare i würstel dal frigo, che ti fanno male! Pulisciti, disgraziato! E ora vai, siamo arrivati, corri al quarto piano da tuo zio Nannino che ti aspetta e abbi il coraggio di dirgli che sei giallo come un limone perché ti sei strafogato di würstel!

– Ma Mamma...

– Abbi il coraggio!

– Sí, Mamma. Scusa, Mamma.

4.

– Nannino.
– Sí, Mariella.
– Allora, cos'ha il ragazzino?
– Dalle prime analisi sembrerebbe paratifo.
– Paratifo? Come, paratifo?!
– Sí, purtroppo cosí sembra.
– Ma ti ha detto che ha mangiato i würstel?
– Sí sí, ma mi ha anche detto che domenica scorsa ha giocato con la squadra di pallanuoto al campo a mare di Portoscuso.
– Sí, vero. Ma ti ha detto dei würstel?
– Ed è già il terzo caso di paratifo che ci arriva in questa estate da quella zona.
– Sei stato tu a dire che non deve mangiare i würstel.
– Quindi il mio sospetto è che se lo sia preso anche lui. Almeno stando alle prime analisi. Comunque lo devo ricoverare e metterlo in isolamento.
– E i würstel?
– Marie'! I würstel non c'entrano nulla!
– Ah, peccato.

5.

– Buongiorno, Mariella.
– Buongiorno, Rosetta, dài, sali, facciamo veloci che oggi devo incontrare due genitori prima degli scrutini.
– Mamma mia, Marie', ma che è 'sta puzza?!
– Niente, mio figlio che si strafoga di würstel e poi vomita.

6.

– Buongiorno, Mariella.

– Buongiorno, Gabriella. Dài, sali, facciamo veloci che oggi devo incontrare due genitori prima degli scrutini. Rosetta, per favore, falla salire dalla tua parte.

– Mamma mia, Marie', ma sta macchina è un forno! E poi che è 'sta puzza?!

– Niente, Gabrie', mio figlio che non sta mai attento alla levetta del riscaldamento, si strafoga di würstel e poi vomita.

7.

– Come stai?

– Cosí.

– Hai un brutto colore, tuo zio ha detto che ti terranno qui almeno un altro mese.

– Addio estate.

– Non piangere!

– Non piango.

– La professoressa Romagnino ha detto che ti promuoveranno in terza con la media del nove. E il mio collega Pasqualino Carroni ti manda questo libro.

– Kafka! Ringrazialo tanto.

– I tuoi compagni di pallanuoto ti mandano i loro saluti e anche quelli della tua classe. Paoletto Cherchi mi ha incaricato di dirti che chiuderete il campionato penultimi.

– Mamma.

– Sí.

– E la 500?

– La 500 l'ha pulita il mio collega Carroni. Sempre gentile, Pasqualino. Però un po' di puzza è rimasta.

– Mamma.

– Sí.

– Ti posso fare una domanda?

– Certo.

– Ma cosa ci faceva la tua pelliccia in macchina il 4 di giugno?

– Lo so io.

8.

– Sei nervoso.

– Sí.

– Sei nervoso, perché ti stai toccando…

– Il pirillo.

– Sí, esatto, il pirillo. E cosa c'è da ridere?

– Nulla, Ma'. Comunque volevo dirti un po' di cose.

– Dimmi.

– La prima è che questa volta hai ragione. Sono molto nervoso.

– E perché? Per l'esame di terza media?

– Sí, molto.

– Sei prontissimo, non rompere. Hai studiato tanto tutto l'anno e pure l'estate precedente.

– Be', Mamma, in ospedale non sapevo cosa fare, cosí mi sono portato avanti con gli studi.

– Vedi che anche il paratifo aveva un suo perché? Ogni disturbo è grazia.

– Ma', quando mi dici «ogni disturbo è grazia» mi fai saltare i nervi!

– Non toccarti il pirillo!

– Non me lo tocco! Però tu ascoltami! Ho paura! Hai capito? Ho paura dell'esame!

– Se urli non ti passa! La paura è normale. Senza la paura non si va da nessuna parte. Ci si crede invincibili, si prendono alla leggera gli ostacoli che la vita ci pone. Invece la paura è lí, pronta a ricordarci che dobbiamo fare affidamento sulle nostre forze, su tutto il nostro sapere, per poter superare anche questo ostacolo.

– Sarà.

– Non *sarà*, *è* cosí. E poi? Poi che altro hai?

– Poi, per l'esame vorrei un paio di jeans nuovi.

– Va bene, ora chiamo la cugina Annalisa Fois e vediamo se ti lascia i suoi jeans dell'anno scorso. Oppure potrei chiedere a Pasqualino Carroni se...

– Ma'...

– Che c'è, noioso?

– Ecco, l'altra cosa importante che volevo dirti è questa.

– Dimmi.

– Sono tredici anni che eredito pantaloni e pantaloncini da Annalisa.

– Embe'? Ti sono stati sempre bene.

– Ecco, non proprio. Il punto è che mi stanno sempre piú stretti qui.

– Nella conigliera?

– Sí. Ma', il punto è che fin da bambino quando sono nervoso li sento piú stretti qui.

– Nella conigliera.

– Sí, Ma', nella conigliera.

– Quindi?

– Quindi possiamo fare come per la tua 500 e mi compri i jeans nuovi?

– In che senso facciamo «come per la mia 500»?

– Facciamo le cambiali.

9.

– Cosa sono?
– I soldi per i tuoi jeans.
– Grazie Ma'.
– Ringrazia tuo padre e la Cgil.
– La Cgil?!
– Sí, finalmente gli hanno pagato una causa.
– Grazie. Grazie mille.
– Ti ci esce anche una t-shirt.
– Fruit of the Loom?
– Fruit of the Loom.
– Però, per l'esame ti suggerirei mocassini e camicia.
– *Button down*?
– Sí, camicia *button down*, va bene.
– Ti bastano i soldi?
– Non so.
– Tieni, ti do anche questi per la camicia.
– Minchia, Ma'! Ancora la Cgil?!
– No, questi sono miei. E anche questi.
– Che cavolo sono, Ma'?
– I jeans dell'anno scorso di Annalisa.

10.

– Mi accompagni?
– Non se ne parla.
– Dài, Ma', il vocabolario è pesantissimo.
– Da quanti anni vai a scuola?

– Otto, Ma'.

– In questi otto anni ti ho mai accompagnato a scuola?

– No, mai! Cioè, una volta mi ha accompagnato papà. Ero in prima elementare e gli hai fatto un casino.

– Ecco, figurati se ti accompagno il giorno del tuo esame di terza media.

– LO ACCOMPAGNO IO.

– Gabriele!

– Papà!

– Andiamo tutti e tre insieme.

– Con la mia 500?

– No, con la mia Opel Kadett.

– Con la tua Opel Kadett? Da quando in qua abbiamo una Opel Kadett?

– Da ieri.

– Da ieri? E non mi hai detto nulla?

– Sorpresa.

– Ma, Gabriele, non sarà un azzardo?

– Ogni tanto bisogna pur gratificarsi. E ora forza, tutti e tre all'esame.

– Grazie, papà.

– E ringraziamo pure la Cgil.

11.

– Mamma! Ho passato l'esame con OTTIMO!

– Lo so già.

12.

– Come va?
– Dura, Ma', il ginnasio è duro.
– Latino e greco?
– Eh sí, ma lí mi aiuta nonna.
– Matematica?
– Un disastro.
– Vuoi che parli con Gabriella Cocco per farti dare un po' di ripetizioni?
– No, Ma', lascia stare.
– E perché? Guarda, fra due minuti è qui sotto casa. Oggi tocca a lei portarci a scuola con la sua 500.
– No, grazie.
– Dài, ti conosce fin da bambino. Anche Pasqualino Carroni dice che è bravissima.
– No.
– Ma perché?
– Te lo dico, ma tu non devi dirle nulla. Giura.
– Non giuro su queste fesserie.
– Giura.
– Non giuro. Semmai posso promettertelo.
– Uff…
– Forza, noioso, sputa il rospo. Perché non vuoi andare a fare ripetizioni da Gabriella Cocco?
– Perché l'ha detto anche il figlio Luca!
– E cosa ha detto?
– Che esistono tre modalità: severo, crudele e modalità professoressa Cocco!

13.

– Dài, attraversiamo.
– No.
– Attraversiamo e saliamo in macchina.
– Nooo.
– Disgraziato, sali in macchina!
– No, quella non è la tua 500!
– Ah sí? E di chi sarebbe?
– Solo Gabriella Cocco ha la 500 color senape.
– Sali, lo facciamo per il tuo bene. O vuoi essere rimandato in matematica?
– No, non salgo.
– Forza, sali, che a bordo c'è anche Pasqualino Carroni che ha fretta.
– No, vado a studiare con i miei compagni, provo con loro a ripetere matematica.
– Sarai bocciato.
– Ce la farò.
– Sarai bocciato.
– Ho detto che ce la farò.
– Gabriella! Metti in moto, dài, ce ne andiamo! Altro che modalità professoressa Cocco! Questo è piú duro di te!

14.

– Mamma.
– Lo so già.
– Scusa.
– Lo aveva detto anche Pasqualino Carroni che mate-

matica te l'avrebbero lasciata. Pasqualino però ha anche detto che...

– E basta, Ma', con 'sto cazzo di Pasqualino! E Pasqualino di qua e Pasqualino di là! Non se ne può piú! Ma chi cazzo è... il tuo amante?

– Stai zitto! Cretino! E asino!

– Ahia! Ma'! Cazzo fai, mi prendi a schiaffi?!

– Zitto! Cretino! Asino! Scimpru e burriccu!

– Ahia! Ahia! Ahia!

– Zitto! Non ti azzardare mai piú a dire una cosa cosí. Mai piú!

– Ahia! Cazzo!

– Non ti permettere mai piú di dire una parola su Pasqualino! Mai piú! Chiaro?! Asino! E maleducato!

15.

– Spunta piano.

– Sí.

– Spunta piano.

– Sí.

– Spunta pianooo.

– Sí.

– SPUNTA PIANO!

– Sí.

– Checco! Ti ho detto di spuntare piano, mi stai facendo venire il volta stomaco!

– Ah! Adesso hai capito come ci si sente con la tua guida?!

16.

– Non ti insegno piú.
– No, dài, Ma'!
– Uff, noioso. Ho detto che non ti insegno piú.
– Per favore.
– Lo sai, quando dico no, è NO!
– Ti prego.
– Non sono disposta a perdere tempo con uno che mi prende in giro.
– Non ti prendo in giro, ma se non imparo bene è perché tu non è che sei una gran pilota.
– Allora iscriviti alla scuola guida e non rompere. I tuoi nonni ti hanno dato anche i soldi per l'iscrizione.
– Quei soldi li vorrei usare per comprarmi il motorino nell'attesa di prendere la patente.
– E dringhidi con questo motorino.
– Dài, Ma'.
– Quanti anni hai?
– Diciassette, quasi diciotto.
– Da quanti anni metti da parte i soldi del motorino?
– Da quando ne avevo tredici. Perché tu non me lo hai mai voluto comprare.
– Esatto.
– E io sono andato a fare la vendemmia, a scrostare i muri di casa di zio Roberto Pisano, a raccogliere ciliegie, a vendere collane di perline per mettere da parte i soldi e comprarmelo da me.
– Bravo, era tuo dovere sacrificarti.
– Sí, però poi tu non me l'hai fatto comprare.
– Certo, il motorino è pericoloso. Già sei sfigato di tuo.
– Mamma, sono l'unico coglione della mia classe che ha l'abbonamento del bus.

– Sí, ma io sono piú sicura. Cosa ti ho detto? Ti prendi la patente e quando ti serve ti presto la 500.

– Sí, buonanotte.

– Forza, riparti.

– Mamma, ti prego. Ho visto un Vespino usato.

– No. Forza, spunta e riparti.

– Un Ciao di seconda mano.

– No. Ho detto no.

– Il bidello sta vendendo il suo Boxer sella lunga. È un affare.

– Riparti! E non ti voglio piú sentire. E spunta piano o mi fai venire la nausea!

– Ti prego.

– No. Punto e basta.

– Ma perché?

– Perché il motorino è pericoloso! E tu sei un imbranato.

– Grazie, Ma'.

17.

– Pronto, la signora Abate?

– Professoressa Pisano, prego.

– La Mamma di Francesco Abate?

– Sí, sono io, con chi parlo?

– Sono la segretaria del liceo Siotto.

– Ah! E mi dica, cosa ha combinato di nuovo quel disgraziato!? Ha guidato lo sciopero per l'assenza di riscaldamento? È entrato per l'ennesima volta alla seconda ora? Ha fatto scritte sui muri della biblioteca come il mese scorso? O forse era a fumare nel bagno delle ragazze come l'altra settimana?

– No, professoressa. La prego, non si spaventi.
– Ha fatto a cazzotti?!
– No, professoressa. La prego, non si spaventi.
– Ma se lei continua a dirmi di non spaventarmi, io mi spavento e come! Forza, che è successo?
– Francesco ha avuto un incidente.
– Un incidente?! Sull'autobus!?
– No, professoressa, in motorino.
– In motorino!?
– Sí, in motorino.
– Ma lui non ha un motorino!
– Infatti, era seduto dietro alla moto di Dinaro Ninni quando, fermi a uno Stop, un'auto li ha travolti.
– Oddio! E cosa si è fatto Ninni?!
– Nulla di grave, professoressa. Dall'ospedale dicono solo escoriazioni ed ematomi.
– E la moto?
– Distrutta.
– O Santo Dio!
– Professoressa?
– Sí. Mi dica.
– Ma... e di suo figlio non vuole sapere?
– E mi dica.
– Dall'ospedale dicono frattura scomposta di tibia e perone. Lo stanno per mettere in trazione.
– Cosí impara a disubbidire.

18

– Ciao Mariella.
– Ciao Gabriella.

– Mi ha chiamato Rosetta, dice che oggi a scuola non viene.
– Malata?
– No. Ha detto che non viene con noi.
– Ah!
– Preferisce andare con il gruppo dell'Amoruso.
– Ah!
– L'Amoruso si è comprata la Ritmo.
– Ah!
– Cabrio.
– Ah! E tu?
– Non sono tipa da Ritmo Cabrio. Io sono come te, faccio la spesa alla Coop e mi vesto all'Upim.

19.

– Mamma! Ho preso la patente!
– Lo so già.

20.

– Mamma mi presti la 500 stasera?
– No, ho riunione alla scuola popolare di Sant'Elia e finisco tardi.
– Domani?
– No, ho catechesi alla nuova comunità e devo passare a prendere anche Pasqualino Carroni.
– Che comunità?

– Neocatecumenale. Ci vieni?
– No no. Sabato sera? Me la lasci sabato sera?
– No, siamo invitati con tuo padre a una festa in maschera.
– E non potete andare con quella di papà?
– No, è dal carrozziere.
– Domenica, me la lasci domenica pomeriggio?
– No, sono in ritiro spirituale fuori città. Se vuoi te la presto lunedí.
– Lunedí non mi serve. Però cosí non vale. Me lo avevi promesso. Niente motorino, ma dopo la patente la 500.
– No! Ti avevo detto che ti avrei prestato la 500 quando a me non fosse servita.
– Ma cosí non riuscirò mai ad avere una ragazza!
– Ah! E ti serve una macchina per avere una ragazza?
– Sí!
– Boh! Ai miei tempi serviva altro.

21.

– Checco!
– Sí, Ma'.
– Mi accompagni a fare una commissione?
– In macchina?
– Sí. Poi, se vuoi, te la lascio tutta la sera.
– Sí, grazie, Ma'. Però guido io.
– Va bene. Guarda che viene con noi anche Giuseppe.
– Okay, Ma'. Dove andiamo?
– Alla concessionaria a compare il Vespino a tuo fratello.

22.

– Dài, Checco, non fare cosí.

– ...

– Dài, lo sai com'è Mamma.

– E come sarei?

– Mamma, per favore, stai zitta e lascia parlare me.

– Va be', sto zitta. Ma solo perché me lo dici tu, Giuseppe.

– Dài, Checco, lo so che a te non ti hanno mai voluto comprare il motorino, che ti hanno sempre detto che non c'erano i soldi per comprarlo e poi quando i soldi li hai messi da parte tu lavorando ogni estate non hanno voluto lo stesso. Però hanno capito la lezione.

– ...

– Rispondi a tuo fratello, noioso!

– ...

– Rispondi!

– Che cazzo vi devo dire? Quale cazzo di lezione?

– Che è meglio essere alla guida, perché è sempre quello seduto dietro che ci lascia le penne. Noioso!

23.

– Ecco la figliola prodiga.

– Dài, Mariella, non prendertela.

– Non me la prendo, anzi, sono contenta.

– Anche io.

– Da quanto ci conosciamo, Rosetta?

– Dai tempi del ginnasio.

– Sempre insieme.

– Ti voglio bene, Mariella.

– Anche io, tanto. Dài, monta a bordo o facciamo tardi a scuola.

– Non correre, però.

– Non corro.

– Non prendere le curve larghe.

– Non prendo le curve larghe. Ma dimmi un po', com'era 'sta Ritmo Cabrio?

– La macchina è bella. Ma le colleghe, quell'Amoruso. Mamma mia.

– Fanatiche?

– Di piú. Delle burricche. Mi mettevano in imbarazzo. Non sono come noi.

– E come siamo noi?

– Siamo da 500, Marie', eternamente da 500.

24.

– Ti serve la 500?

– Sí, grazie, Ma'.

– Tieni le chiavi.

– Okay.

– Poi al rientro vai a prendere tua sorella a scuola.

– Eh no! Cazzo!

– Non dire parolacce!

– Ora spiegami una cosa: a me non hai mai voluto comprare il motorino e a Giuseppe hai comprato il Vespino. E va be', le condizioni economiche grazie a papà erano cambiate. Per un'intera carriera scolastica non mi sei mai venuta a prendere a scuola e ora io devo andare all'uscita del ginnasio a prendere mia sorella. Mi spieghi perché?

– Lo so io.

– Eh no! Stavolta non te la cavi cosí con i tuoi «lo so io» e «lo so già».

– Calmati!

– Non mi calmo neppure per idea!

– Quanti anni ha tua sorella?

– Quasi quindici.

– Bene, il prossimo anno ne compirà sedici e tu non dovrai piú andare a prenderla a scuola.

– E perché?

– Perché a sedici anni prenderà il patentino e tuo padre le ha promesso il Vespone 125.

25.

– Ahia! Ahiaaa! Basta, Ma'! Ti prego! Bastaaa!

– Maledetto, maledetto, maledetto, maledetto.

– Ti prego, basta con 'sto cazzo di battipanni, bastaaa!

– Maledetto! Ecco qua! Abbi il coraggio! Forza, dillo! Cosa sono queste?!

– Pastiglie.

– Ma ti ammazzo io di colpi prima che ti ammazzino le pastiglie!

– Ahia! Ma', basta!

– E questo?! Questo cos'è? Forza, parla! Abbi il coraggio!

– Fumo.

– Fumo! Maledetto! E lo dici cosí, *fumo*, come se nulla fosse. Droga! Chiamala col suo nome: droga!

– Ahia! Ahiaaa! Basta, Ma'! Ti prego! Bastaaa!

– Sai dov'erano?!
– Mhm…
– Sotto il sedile della mia 500. La mia 500! Le ha trovate Pasqualino Carroni mentre cercava il portafoglio che gli era caduto!
– Scusa, Ma'.
– Scusa lo devi chiedere a te stesso. Non a me! Maledetto.

26.

– Ha detto che non te la presta piú.
– Pazienza.
– Ha detto che la presta solo a me.
– Meglio cosí.
– Però, fratello, se ti servono passaggi chiedimi.
– Grazie, Giuseppe.
– Prego.
– Sempre insieme, fratello.
– Sempre insieme, Checco.
– Ti ricordi quando facevo a botte per te al mare?
– Mi rincorrevano per prendermi in giro.
– «Conch'e meloni, conch'e meloni».
– Stronzi.
– Bastardi.
– Non siamo mai stati dei bei bambini.
– Come ti va, Giuse'?
– Ho paura per l'esame di maturità, Checco.
– Fatti spiegare da Mamma che la paura serve.
– Serve?
– Sí, cosí dice lei. Serve a superare gli ostacoli, a prendere coscienza delle nostre forze.

– Io ho paura di non ricordarmi niente.

– Guarda, Giuseppe, stai tranquillo: se hai studiato, e tu hai studiato, ti siedi lí e magicamente ti ritorna tutto alla memoria.

– Chissà.

– Sí, se hai studiato è cosí.

– E tu?

– Mollo l'università.

– Nooo.

– Sí.

– Papà ci muore. Mamma ti ammazza.

– Lo so. Ma non fa per me.

– E cosa vuoi fare?

– Non lo so. Ma l'avvocato no, mai. Non è per me.

– Dovresti scrivere.

– Dici?

– Sí, dovresti scrivere. Magari giornalista, scrittore. Dovresti.

– Sarebbe bello.

– Hai sempre saputo scrivere. Sei bravo a raccontare storie.

– Ma, insomma, sono piú un bravo lettore. Tutto merito dei nonni.

– E poi...

– E poi?

– Sei un gran bugiardo.

– Coglione.

– E poi...

– E poi?

– Poi la dovresti smettere con queste cazzo di pastiglie.

– Non mi fanno pensare.

– A cosa?

– Alla mia malattia.

– Cazzate.

– Ho paura, Giuseppe.

– Be', l'hai detto tu che Mamma dice...

– Senti, te lo dico qui, questa notte d'agosto, dentro questa 500. Il giorno che morirò ti dovrai occupare tu del mio funerale. Vorrei una bara semplice e povera. Vorrei una messa alla cattedrale di Bonaria davanti al golfo, cosí quando la bara esce vedo il nostro mare. Poi vorrei essere cremato e voglio che buttiate le ceneri nell'acqua alla spiaggia del Poetto. Il giorno in cui me ne andrò, se...

– Francesco.

– Sí?

– Smettila.

– Ho paura, Giuseppe.

– L'hai detto tu, Mamma dice che la paura aiuta a superare gli ostacoli.

– Lei dice cosí.

– Tu dalle retta e smettila con queste cazzo di pastiglie.

– Okay.

– Promesso?

– Promesso. Vuoi fare l'ultimo tiro di canna?

– No, lo sai, non fumo. E poi domani ho la partita di pallanuoto in piscina. E smettila anche con le canne.

– Okay.

– Promesso?

– Promesso, fratello.

– Dài, ora scendiamo e andiamo a farci un tuffo.

– Dici che l'acqua è calda? Anche a mezzanotte?

– Sarà caldissima, fidati, Checco.

Mamma in redazione

Mia madre ha un superpotere piú superpotere degli altri superpoteri che ha. Sa esattamente qual è il momento meno opportuno per chiamarmi. Ovvero un secondo dopo la chiusura di un'urticante conversazione di lavoro al telefono della redazione.

1.

– E allora, come è andata la settimana?
– Benino, Ma'. Ho ricevuto ottocento telefonate da persone che mi chiedevano un favore. Nessuna per ringraziare di averlo ricevuto. Due per cazziarmi che il favore non era proprio come se lo aspettavano e una perché non ce l'avevo fatta.
– Capitava anche a tuo padre.
– E lui che ha fatto?
– Nulla. È morto sereno.

2.

– Sí, pronto.
– Il reparto della cultura dell'«Unione»?

– Sí, mi dica.

– Sono la scultrice Rosaria Marchi in Uccheddu. Tu chi sei?

– Sono Francesco Ab...

– Non ti conosco!

– Emm... no, mi sa di no...

– Allora scrivi: «*Mandela*, della scultrice Rosaria Marchi in Uccheddu».

– No, mi scusi, non può mandarmi una mail con i dati della mostra?

– Quale mostra?!

– Be', la mostra *Mandela*.

– Non c'è nessuna mostra!

– Ah... ma allora *Mandela* cos'è?

– Come? Non conosce *Mandela*?!

– Sí, certo, va bene, ma non ho capito...

– Allora, quando tu trovi uno spazio nel giornale, scrivi: «*Mandela*, della scultrice Rosaria Marchi in Uccheddu».

– Sí, okay, ma dove metto che si svolge?

– Come, dove *si svolge*?! In tutto il mondo!

– Ah...

– Allora, ascoltami bene, ti do una dritta!

– Sí...

– Prima era: *Conchiglie e coralli di Mandela*, ora invece è *Mandela*. Hai capito?

– No... ma veramente...

– Ecco, quando trovi uno spazio sul giornale scrivi...

– «*Mandela*, della scultrice Rosaria Marchi in Uccheddu»...

– Bravo! Finalmente ci siamo capiti! Molto, ci voleva?! Buonasera e grazie.

– Buonasera, grazie a lei.

3.

– Ciao Ma', dimmi, veloce che sono incasinato.
– Mi porti al cinema questa settimana?
– Sarà difficile, sono pieno di lavoro.
– Andiamo presto.
– Dài, Ma', vediamo. Cosa vuoi andare a vedere?
– *Invictus*.
– No, Ma'. *Invictus* proprio no.
– Ma se non sai neppure di cosa parla.
– Sí, Ma', lo so. È la storia di Mandela.

4.

– Sí, pronto, sono Antiogu Ribichesu, ha ricevuto il mio libro di poesie?

– Sí, signor Ribichesu, ricevuto, grazie. Entro la fine del mese lo recensiremo.

– Cioè?

– Come, cioè? Intendo dire che entro la fine del mese uscirà la recensione del suo libro.

– Ma in che senso?

– ... eh... nel senso che uno dei nostri giornalisti recensirà il suo libro sulle nostre pagine di cultura.

– No, mi scusi, ma mi sfugge il termine.

– ... quale termine?

– «Recensire»! Cosa vuol dire che mi *recensirete*?

5.

– Che c'è, Ma'?
– Stai lavorando?
– Sí, Ma'.
– Ti disturbo?
– No, però dimmi, veloce.
– Ieri poi sono andata all'Odissea, il cinema.
– Hai visto *Invictus*?
– No, la sala era piena.
– Ah! E cosa hai visto?
– Un film bellino di un nuovo regista italiano.
– Ah, e ti è piaciuto?
– No. Ma ti ho pensato.
– Ah! Ti ha ricordato un mio libro?
– No.
– E cosa?
– Era la storia di una madre e di un figlio.
– Sí...
– E il figlio rubava sempre alla madre il «Postal Market»...
– Sííí...
– Il resto lo sai perché lo facevi anche tu.
– No, Ma', ti sbagli, aspe'...
– Ciao, figlio mio, lo vedi che poi le madri vengono sempre a scoprire tutto.
– No, Ma', aspe'...
– Maniaco! Ahahahah ahahahah!
– Ma che fai, ridi?
– Certo! Con un figlio che si chiudeva in bagno per guardare l'intimo di «Postal Market» non posso che ridere.
– No, Ma'! Non è come credi... non è... e poi ero un ragazzino.

– Anche Rosetta, che è venuta con me al cinema, ha riso molto.

– Rosetta? Ma'! No, dài! Come sarebbe a dire Rosetta? Hai detto questa cosa a Rosetta?

– Certo, noioso! A chi lo dovevo dire? Tu non mi ci porti mai al cinema.

6.

– Pronto! La pagina della cultura?

– Sí, signora, prego, mi dica.

– Quando vi decidete a pubblicare un bell'articolo sulla nostra manifestazione?! Eh?

– Mi perdoni, quale manifestazione?

– Quella sulle figlie spirituali di Emily Dickinson!

– Ma signora, mi scusi, giusto ieri le abbiamo dedicato una bella spalla con foto, non ha avuto modo di vederla?

– No! Non leggo il giornale, io!

7.

– Pronto?

– Sí, mi dica.

– La redazione della cronaca?

– No, signora, le do l'interno giusto.

– Perché, non è la cronaca?

– No, signora, è la cultura.

– Ah, a me hanno detto che questo è il numero della cronaca!

– No, signora, le hanno detto male. Ora le passo l'interno...

– Ascolti, e non posso dire a lei? Cosí lo scrive lei, l'articoletto.

– Credo di no, ma mi dica comunque...

– Allora scriva: «*Scosternati* per la scomparsa...»

8.

– Pronto, ti disturbo?

– No, Ma', però dimmi, veloce, sto lavorando...

– Tieni, Rosetta, te lo passo.

– Rosetta?! No! Ma', aspetta! Sto lavorando!

– Checco, sono Rosetta, volevo dirti...

– Sííí...

– Che mi è arrivato il nuovo «Postal Market»!

9.

– Pronto, la pagina della cultura? Sono il professor Cavallotti. Chiamo per proporre un articoletto.

– Sí, buongiorno, sono Francesco Abate. Mi dica pure...

– Abate? Ma il figlio dell'avvocato Abate?

– Sí, esatto.

– E mi ricordi come si chiamava di nome suo padre.

– Gabriele.

– Ah, sí, giusto, Gabriele. Ma poi suo padre era morto o no?

– ... Sí, era morto.

10.

– Sí, pronto?
– Sono Mamma.
– Oh! Ciao Ma'.
– Ti disturbo?
– Sono un po' incasinato, ma dimmi pure.
– Ma sei al lavoro?
– Sí, Mamma, mi hai chiamato al numero della redazione.
– E cosa ne so io! I tuoi fratelli mi hanno registrato questo numero sul telefonino come «Checco Unione»!
– Appunto, Mamma, «Unione» sta per «L'Unione Sarda».
– Eh, cosa vuoi che ne sappia, io?
– Okay, Ma', dimmi pure, che fra dieci minuti ho la riunione con il direttore.
– Mi ha chiamato la signora Corrias...
– Sí...
– Si lamenta sempre, la signora Corrias, le va tutto bene e si lamenta sempre...
– Sí, Mamma, quindi?
– Mi ha tenuto mezz'ora al telefono per dirmi che dall'iPad che le hanno regalato i suoi nipoti non si leggono le tue firme.
– Quali firme?
– Le tue firme sugli articoli.
– Le mie firme...
– Sugli articoli! La signora Corrias è una tua attenta lettrice e non legge piú la tua firma.
– Be', sono mesi che non firmo un articolo.
– Okay, allora chiedi ai tecnici dell'«Unione» se possono fare qualcosa per l'iPad della signora Corrias.

11.

– Pronto, l'ufficio tecnico?
– No, è la pagina della cultura.
– Avrei un problema con l'iPad.
– ... porco cazz...
– Come? Non la sento. Cosa ha bisbigliato?
– No, nulla, nulla. È la signora Corrias, vero?
– No! Sono la professoressa Balestra.
– Oh, mi scusi!
– La figlia della signora Corrias.

12.

– Pronto! E allora! Da quanto non ci sentiamo!
– Dall'ultimo favore che mi hai chiesto...
– Come? Non ho capito bene.
– No, nulla, dicevo a un collega.
– Allora, stai sempre a lavorare per quel giornalaccio di merda? È sempre piú illeggibile. Pieno di errori, inesattezze, marchette. Ho smesso di comprarlo ormai da anni.
– Be', insomma, non direi che siamo un giornale di...
– Fidati, fidati, siete una vergogna.
– Ma veramente non direi che...
– Ne parlavamo giusto ieri all'università, Gramsci si rivolterebbe nella tomba al pensiero che nel giornale dove lui ha messo la sua firma...
– Che c'entra Gramsci? E poi scusami ma qui...
– Senti, guarda, dài, non stiamo neppure a discuterne,

lasciamo perdere, piuttosto ti chiamavo perché ti devo chiedere un favore…

– Sí… Dimmi…

– Ho lanciato una bella iniziativa, ti manderei un po' di materiale, ho anche due o tre foto che dànno l'idea del nostro staff e del progetto. Poi ne avrei una mia col senatore. Ti mando ora tutto via mail cosí ti ci esce un bell'articolo, un bel paginone.

– Ah! E vuoi tutto questo nel nostro illeggibile giornale di merda?

13.

– Pronto, Checco? Hai fatto felice la signora Corrias. Finalmente ha letto la tua firma.

– Mamma, veramente non ho fatto nulla, ho solo firmato un articolo e quindi ha letto la mia firma. Tutto qua.

– L'ho letto anch'io che non sono di bocca buona e c'era un errore.

– Ah! E che errore c'era?

– Hai scritto «al lato» anziché «a lato».

– «Al lato» anziché «a lato»… Ma perché, non si può scrivere «al lato»?

– Certo che no! Asino.

– «Al lato»… Mamma, sto rileggendo l'articolo rapidamente e non trovo nessun «al lato».

– Guarda bene.

– Ma dove? Non lo trovo.

– Noioso! Nella didascalia della foto.

– E va be', capirai… la didascalia.

– Capirai un corno!

– Grazie, Ma', di un intero articolo ciò che noti è un errore nella didascalia della foto.

– Certo, figlio mio! Cosa credi? La gente ti conta gli errori. Solo quelli, ti conta.

14.

– Pronto, buongiorno, è lei che si è occupato del caso Franzoni?

– Buongiorno, no, mi spiace, questo è il reparto cultura. Le hanno passato l'interno sbagliato. Lei deve parlare con la cronaca.

– Perché secondo me non è stata lei ad ammazzare il figlio. Una madre non ammazzerebbe mai un figlio.

– … perché lei non conosce mia madre…

– Come?!

– No, nulla. Però, le dicevo, lei deve parlare con la cronaca…

– E del caso Micaela?! Lei si occupa del caso Micaela?

– No, signora, le ribadisco: questo è il re-par-to cul-tu-ra. Reparto cultura. Ha capito bene? Se vuole le do il numero del collega che si occupa della cronaca nera.

– È lei che si occupa di quella povera ragazzina, Micaela, uccisa cosí barbaramente?

– No, signora. Oddio, la prego, le ho detto che questo è…

– No, perché, sa, volevo capire: secondo lei hanno confuso i ghindoli?

– I ghindoli?

– Sí, i ghindoli, i preservativi!

– Non capisco, mi scusi.

– Non è che quello che hanno arrestato per Micaela non c'entra nulla e hanno sbagliato con il prelievo del Dna? Mischino.

– No, non capisco, mi scusi. Ma cosa c'entrano i preservativi?

– E da dove crede che lo prelevino il Dna? Dai preservativi usati!

15.

– Pronto, ciao mammina.

– Ah! Adesso sono diventata «mammina».

– …

– Cosa mi devi chiedere?

– Nulla.

– Dove sei?

– Al lavoro.

– E da quando in qua mi chiami dal lavoro?

– Volevo dirti…

– Sí, dimmi.

– Volevo dirti, be', intanto come stai?

– Male! Come vuoi che stia? Abbiamo la nipote di signora Corrias con la broncopolmonite. È ovvio che sto male! Resisto, non lo do a vedere, ma è chiaro che sto male per questa povera ragazzina.

– Mi spiace, ma volevo dirti…

– Sputa il rospo!

– Ho fatto una ricerca e…

– Uffa! Muoviti, noioso, che ho da fare il minestrone per cena.

– Ho fatto una ricerca e si può scrivere anche «al lato».

– Ma di cosa stai parlando?

– Dell'errore dell'altro giorno.
– Quale errore?
– Quello nel mio articolo, cioè, nella didascalia.
– Ma quale?
– Quello per cui mi hai cazziato l'altro giorno.
– E secondo te mi devo ricordare ogni volta che ti cazzio?! Dài, noioso, devo finire di tagliare le verdure per il minestrone! E portarlo alla nipote di signora Corrias!

16.

– Pronto! Ha verificato?!
– Mi scusi, con chi parlo?
– Ha verificato se hanno scambiato i preservativi?
– I preservativi?
– Ho chiamato l'altro giorno! Ha verificato se c'è stato lo scambio di preservativi nel prelievo del Dna dell'assassino di quella povera ragazza? Micaela!
– Signora, la prego. Un po' di rispetto per questa ragazza e, mi scusi se glielo dico, anche per il mio lavoro. Le ho già detto che questo non è il reparto di cronaca. E poi, abbia pazienza, ma cosa crede? Che un caso giudiziario sia una serie televisiva dove tutto si risolve da un giorno all'altro? Dove i giornalisti sciolgono i gialli intricati e diventano eroi?
– Ah no?
– No!
– Di che giornale è lei?
– Come, di che giornale sono?! È lei che ha...
– Di che giornale è?
– «L'UNIONE SARDA»!
– Mischini.

17.

– Pronto, buonasera, vorrei parlare con il dottor Francesco Abate.

– Sí, buonasera, mi dica.

– È lei, dottore?

– Sí, sono io.

– Buonasera, dottore...

– Guardi, non sono dottore.

– Ah, ecco, non è dottore.

– Eh, no.

– Peccato. Un vero peccato.

– Sí, lo dice anche mia madre.

– Vede, dottore, io scrivo libri e vorrei incontrarla domani. So che anche lei scrive.

– Sí, mi diletto.

– Ma io non li ho mai letti, i suoi libri, non ho molto tempo per leggere gialli.

– Ah sí... ma, comunque, non ho mai scritto gialli.

– Bene allora ci vediamo domani, direi che sono da lei in redazione alle undici.

– No, aspetti. Io domani non posso, sarò in ospedale per dei controlli...

– Eh! Ma io ho fretta!

– Guardi, se lei ha fretta, allora le fisso un appuntamento con un nostro collaboratore che si occupa di letteratura e...

– No! Mi ascolti bene. Io devo incontrare lei.

– Domani...

– Certo, domani!

– Ma le ho già detto che...

– Mi ascolti bene, dottor Abate: io la devo incontrare subito perché vorrei assolutamente che lei facesse un film da uno dei miei libri.

– Un film? Come, un film?!

– Sí, certo, un film! Mi hanno detto che lei fa anche il regista.

– ... ehm, no. Le hanno detto male. Mi piacerebbe fare il regista ma non lo so fare.

– E dài! Non lo può fare almeno per me?

– No, mi scusi, no. Ma di cosa parla il suo libro da cui vuole fare un film?

– Di numismatica.

18.

– Pronto, Checco?

– Sí, chi parla?

– Sono Pasqualino Carroni.

– Ah, professore! Come sta?

– Ci ho impiegato mezz'ora a parlare con te.

– E come mai?

– Perché al centralino dicevano che non conoscevano nessun Checco!

– Be', certo, cosí mi chiamano solo in famiglia.

– Allora io gli ho detto: «Come, Checco chi? Checco Pisano!»

– No, professor Carroni...

– Sí sí, lo so, quello è il cognome di tua madre, il tuo è Abate. Comunque alla fine ce l'ho fatta.

– Mi dica, allora.

– Senti, ti sto chiamando in segreto da tua madre.

– Che è successo?!

– No, nulla. Tranquillo.

– E allora?

– Il fatto è che tua madre sta iniziando a patire la solitudine. E tu dovresti essere piú presente con lei.

– Ha ragione, professore. Ma il mio è un lavoro con orari un po' disgraziati. Vede che ore sono? La gente normale è a casa a cenare, noi invece siamo ancora qui.

– Sí, lo so. Ma io ti suggerirei, e bada che tua madre non sa nulla di questa chiamata, ogni tanto di portarla al cinema, che le piace molto.

– Ha ragione, dovrei trovare il tempo almeno una volta alla settimana.

– Oppure, Checco, se la sera non puoi, accompagnala a fare una passeggiata, per un gelato.

– Sí, magari di mattina.

– Checco, la solitudine, te lo dico io, è una brutta cosa e non è giusto che un figlio lasci sola una madre.

– Certo, professor Carroni, ha proprio ragione.

– Poi è troppo tardi e uno se ne pente.

– Ha ragione.

– Sennò poi vengono i sensi di colpa.

– Giusto, è vero.

– Magari per farla felice la puoi portare anche a teatro. Non le piace come il cinema, ma ad esempio la prossima settimana c'è… c'è… c'è quello… come si chiama? Il figlio di quello… come si chiama quello… quello lí… coso…

– Gassmann!

– C'è Gassmann, capito, Checco? Puoi portarla a vedere Gassmann. Ogni tanto, non sempre, puoi anche portarla a cena fuori e…

– Professor Carroni!

– Sí, Checco.

– Ma con chi è?

– Con nessuno!

– Sicuro?

– Sicurissimo!
– Professore!
– Sí, Checco.
– A me è sembrato...
– No no no, giuro, sono solo, solissimo.
– Come tua madre!
– Professore!
– Sí.
– Guardi che ho sentito!
– Marie', ha detto che ti ha sentito!
– Non è possibile, sto parlando piano!
– Vi sento!
– Ci ha scoperto!
– Allora digli che non si scrive «al lato» ma «a lato».

19.

– Pronto, Ma'.
– ... signora Corrias, allora, la burrida la mettiamo tutta in queste terrine...
– Ma', pronto.
– ... no, signora Corrias, il brodo lo scaldiamo per ultimo...
– Mamma.
– ... sí, lo stoccafisso con i pinoli l'ho messo sul carrello dei secondi...
– MAMMA!
– Uffa! Che c'è, noioso?
– Come, che c'è? Mi hai chiamato tu!
– Io non ti ho chiamato!
– Sí, Mamma, mi hai chiamato tu, ti sarà partita la chiamata, ma mi hai telefonato tu qui al numero del giornale.
– Impossibile! Io sto preparando il pranzo di Pasqua per gli indigenti della comunità.

– Va be'. Senti, visto che ci siamo, ieri in via Paoli ho incontrato zia Maria Urraci e ti manda i suoi auguri.
– Impossibile! Zia Maria Urraci è morta sei anni fa.
– ... sí volevo dire zia Maria Uccheddu.
– Non è possibile, è morta quattro anni fa.
– Mhm, zia Maria Pisano?
– Non esistono zie Maria Pisano, esisteva tua bisnonna Maria Pisano che è morta quando avevi otto anni.
– Zia...
– Uffa, noioso, lasciami perdere che stiamo preparando la cena per gli indigenti!
– Ciao Ma'.
– Ciao! Allora signora Corrias le dicevo...
– Chi era?
– Chi?
– Al telefono.
– Mio figlio.
– Lo scrittore?
– Eh, quello. Su scimpru.
– Ih, mischineddu, e già con l'*Alzaime* ce l'hai?
– No, è giornalista.

20.

– Checco?
– Sí, Ma'.
– Oggi lavori?
– Sí.
– E cosa devi fare?
– Devo andare al gay pride, devo fare un servizio lí.
– Ah!

– Ti scandalizza?
– No no.
– Bene.
– Mi passi a prendere?
– Mamma! Ma ti ho detto che devo andare al gay pride!
– Appunto.
– Come, appunto?
– Anche io. Mi dài un passaggio?
– Ah, sí sí.
– Non mi va di andarci da sola in 500, ci sarà molto traffico.
– Okay.
– E prima puoi passare a prendere anche un mio amico?
– Uff… va bene, Ma', che palle.
– Abita vicino a casa tua.
– Ti ho detto che va bene.
– E la sua 600 è ormai vecchia e scarrabbeccia.
– Mamma?
– Sí.
– Ma chi è 'sto tuo amico?
– …
– Mamma?
– Ti ricordi la mia pelliccia d'estate… il tuo vomito…
– Oddio, Mamma, come ho fatto a non capirlo, sono…
– Allora non si chiamavano ancora *drag*…
– Sono proprio…
– Però c'erano già i localini dove si facevano gli spettacoli…
– Mamma, sono un coglione.
– Se lo dici tu, figlio mio.

21.

– Buongiorno, Checco.
– Buongiorno, professor Carroni.
– Pasqualino. Basta con questo professor Carroni.
– Pasqualino.
– A dirla tutta, Pasqualino Maragià.
– Pasqualino Maragià.
– Quando facevo gli spettacolini: Pasqualino Maragià.
– E Mamma le prestava la pelliccia.
– Anche le parrucche.
– Anche le parrucche?
– Tua madre aveva una parrucca bionda con i riccioli, bellissima.
– Ma davvero? Non l'ho mai vista.
– Sí, dice che a tuo padre piaceva...
– Non voglio sapere altro. Grazie.
– Tua madre lo dice sempre che sei un po' bacchettone.
– Ma quale bacchettone?
– In verità, a un certo punto ha pensato che anche tu fossi omosessuale.
– IO?!
– Sí, da ragazzino ti ha beccato piú volte nella tua stanza che ballavi in mutande.
– Minca, che vergogna. Però che c'entra?
– Infatti, nulla. Glielo dissi pure io. Anche se a un certo punto mi sono preoccupato.
– Che fossi gay? Lei, dico lei, professore, si è preoccupato che io fossi gay?
– No, ma hai sempre avuto certi mostri come fidanzate! Mischino.
– Va be', professore, salga...
– Pasqualino.

– Pasqualino. Forza, salga in macchina, che se arriviamo in ritardo da Mamma poi chi la sente?
– Ti scoccia se mi cambio in macchina?
– No, no, prego. Tanto, ormai.
– Secondo te vado bene, se resto solo con le mutandine in pelle?
– Si figuri. È estate.
– Ah ah ah! Cretino. Sto scherzando!
– Ah! Meno male!
– Mi metto anche la canottiera.

22.

– Pronto? Sono il poeta Deprunas.
– Buonasera, mi dica.
– Ha ricevuto il mio capolavoro?
– Mhm... mi ricordi il titolo...
– *Sogni di mezz'autunno sul manto porporino di Eleonora d'Arborea*.
– Ah, sí sí.
– Ha visto che meraviglia?
– No, mi perdoni, l'ho dato in lettura a un collega.
– Bene, e quando uscirà la vostra recensione su questa mia opera che, le assicuro, sta cambiando il panorama della poesia italiana?
– A breve.
– Sia piú preciso, per favore. Sa, sto per ultimare anche una saggio bilingue italiano e sardo sulla poetica dell'Ungaretti e del Bobore Moros.
– Ah!
– Sí, e le assicuro che ho superato me stesso. L'opera che sto stendendo sarà uno dei capisaldi della letteratura

comparata di tutti i tempi. Un testo che dovrà essere assolutamente adottato da tutte le scuole, e infatti mi sono già attivato con l'assessore Marruscheri affinché la Regione ne faccia un consistente acquisto. Quindi, è importante conoscere l'uscita esatta della recensione per dare alle stampe il mio prossimo splendore editoriale.

– Bene, uscirà sabato 18.

– Ottimo! E chi avrà la fortuna di recensirlo?

– Alessandro Alessandrini.

– Ah, il dottor Alessandro Alessandrini!

– Lo conosce?

– No! A tal proposito, infatti, le chiederei il numero di telefono per un confronto, affinché nulla vada perso dell'intensità della mia opera nello scritto dell'Alessandrini. Posso averlo?

– Ma certo!

23.

– Francesco.

– Oh! Caro Alessandrini!

– Sei un pezzo di merda.

24.

– Pronto, Alessandro?

– Vaffanculo.

– E dài!

– Cazzo, mi hai rovinato la vita! Tu non hai idea di quante volte al giorno mi chiama 'sto Deprunas.

– Ahahahah!

– E non hai idea a che ora mi chiama e quanto mi tiene al telefono!

– Ahahahah!

– Non ridere. Guarda, anticipa l'uscita della recensione, che non ne posso piú!

– Okay.

– Okay un tubo! Ora vuole sottopormi la lettura del saggio Ungaretti - Bobore Moros e vuole passare a casa a portarmelo personalmente.

– Ah! A proposito, hai capito chi è 'sto poeta, Bobore Moros?

– Certo!

– E chi è?

– Il cognato!

25.

– Pronto, è «L'Unione Sarda»?

– Sí, signora.

– Il reparto delle pagine della cultura?

– Sí, signora.

– Quelle dove si parla anche dei libri?

– Certo, signora.

– Come?

– Ho detto: CERTO, SIGNORA.

– Mi scusi, sa, sono anziana e non sento bene. Ma lei è Abate?

– Sí, sono io. Mi dica, mi dica, signora.

– Come si fa a comprare la pubblicità per un libro?

– Guardi, signora, non deve parlare con me, deve parlare con la concessionaria della pubblicità.

– La concessionaria? Cioè?

– Ora le do il numero della nostra concessionaria, cosí le spiegano tutto per benino e...

– Come?

– Le ho detto che...

– Mi perdoni, ma quanto spendo? Sa, non ho molti soldi e vorrei uno spazietto come quello dato allo scrittore Antonio Bachis.

– Ah! Ma signora, quello non è uno spazio pubblicitario. Quella è una recensione.

– E non si paga?

– No.

– No? E tutto quell'inserto dedicato ai libri, anche quello non si paga?

– No, signora. Ma scherza? Sono recensioni. Sono i nostri giornalisti che leggono un libro e poi lo propongono ai lettori raccontando loro perché lo consigliano o non lo consigliano.

– E quindi non si paga.

– No.

– E quindi come devo fare?

– Deve spedire il suo libro qui da noi in redazione...

– Come?

– Deve spedire il suo libro qui da noi in redazione e noi lo recensiremo.

– E non devo pagare?

– No! Sarebbe contro ogni regola professionale.

– Allora ve lo spedisco.

– Bene. Signora, scusi, ma chi le ha detto che doveva pagare?

– Quelli della mia casa editrice. Hanno detto che un tot era per pagare la pubblicazione del mio libro e un tot per pagare i giornali per far uscire la pubblicità. Però io ho preferito chiamare perché il conto mi sembrava un po' troppo alto e mi sa che mi volevano imbrogliare.

– No, signora, questo non è un imbroglio, è una vigliaccata.

– Come?!

– UNA VIGLIACCATA.

– Ah! Vede: io me lo sentivo. E gliel'avevo detto, a mio cognato. Ma lui no, insisteva che aveva ragione lui, che si fa cosí.

– Ah.

– Sí, guardi, mio cognato è uno di quelli che sanno tutto loro. Be', poi in realtà in questo campo, a dirla tutta, è uno navigato.

– Ah, e come si chiama? Magari lo conosco.

– Certo che lo conosce. È il Deprunas, aspetti che glielo passo, che le vuole parlare anche lui.

26.

– Pronto, Checco?

– Sí, Mamma.

– Mi ha telefonato il poeta Deprunas.

– Oddio, no!

– Oddio, sí. Mi ha tenuta un'ora al telefono.

– Mamma, dobbiamo levare il numero di casa tua dall'elenco telefonico.

– Al piú presto. Poi Gabriele Abate è il primo nome dell'elenco telefonico di Cagliari.

– Io lo dico da anni.

– Credo che ormai, a vent'anni dalla sua morte, non si offenderà nessuno.

– Credo anche io.

– Comunque, questo Deprunas mi ha fatto una testa a pallone. Pensava che tu vivessi ancora qui. Dice che al giornale non riesce piú a trovarti e voleva il tuo numero di cellulare.

– Nooo!

– Infatti, per ora non gliel'ho dato.

– Come, *per ora*?

– Mi accompagni stasera al cinema Odissea?

L'eterno riposo

Ce ne siamo lasciati dietro parecchi. Non siamo stati una famiglia molto fortunata, come tante, del resto. Il cimitero di San Michele, alla periferia nord di Cagliari, è un buon camposanto dove Mamma va spesso a deporre i fiori e a snocciolare le sue preghiere. Va a trovare chi le è stato caro in vita e spera tanto di incontrare ancora nell'aldilà. A San Michele ama andarci da sola, ma non sempre. Purtroppo.

1.

– Ci vieni a messa?
– No.
– Perché non ci vieni?
– Perché le vostre non sono messe, sono maratone.
– Non esagerare.
– Non esagerare? Le nozze di Anna sembravano quelle di Cana. Il funerale di papà è iniziato a marzo ed è finito a giugno.
– Non fare il cretino.
– Io non faccio il cretino, però voi neocatecumenali siete esagerati. Ore e ore per una semplice messa. E canti e letture e poi di nuovo canti e poi di nuovo letture. Non

si finisce mai. Neppure la presentazione di un libro del poeta Deprunas dura cosí tanto! Sintesi! Sintesi! Ci vuole sintesi. Bastano poche ma giuste parole per entrare nel cuore della gente. E voi invece no! Parole, parole, parole, quante parole. Troppe!

– Un giorno capirai. E poi calmati.

– Non sono interessato a capire né a calmarmi! Il funerale di Gabriele, nostro nipote... nemmeno lí vi siete risparmiati...

– Cosa c'era che non andava?

– È stato uno strazio. Vedere mia sorella salire sul pulpito e pregare per suo figlio. Non una lacrima, il viso stravolto dal dolore. E poi la bara, piccola piccola al centro di quella chiesa. Io non riesco a levarmelo dalla mente... lui steso sul tavolo dell'obitorio gelido. L'odore nauseabondo dei fiori che si mischiava con quello dei disinfettanti. Non si può morire a diciotto mesi, Mamma!

– E cosa c'entriamo noi neocatecumenali?

– Nulla, ma con qualcuno me la dovrò pur prendere.

2.

– Ci vieni a messa?

– E dringhidi. Lo sai che da voi non ci vengo.

– E dopo, quando esco, mi ci porti al cimitero?

– Sí, al cimitero sí. Però non farmi fare tutto il giro della famiglia.

– Tranquillo, tutta tutta no.

3.

– Non trovo mai tuo zio Roberto.

– Non chiederlo a me, perché ogni volta io in questo cimitero mi perdo.

– Dunque, quelli morti nel 1999 dovrebbero essere nel blocco NO45.

– Perché lo zio lo chiamavano Piscicani, eh Ma'?

– Perché era un grande nuotatore. È stato anche campione italiano, stile libero. Ed è questa la cosa che mi fa piú arrabbiare.

– Quale?

– Che un corpo cosí sano, sportivo, ancora giovane, non lo abbia salvato dalla leucemia.

– Eccolo qua, Ma'. Ecco lo zio. Ultima fila, in alto a destra.

– Povero fratello mio.

– Prendo la scala e gli mettiamo due fiori?

– No, lasciamogli quelli che gli ha messo tua zia Marianne. Sono ancora freschi e belli. Lasciamo che glieli cambi lei. Sono i pochi privilegi che restano a noi vedove.

4.

– Dài, Mamma, ora basta.

– Cammina, pelandrone.

– Allora, da papà siamo stati, dai nonni anche, dal piccolo Gabriele pure, da zio Roberto anche, siamo stati da zio Ottavio, zia Rita, zio Tonino, zio Franco, zia Rosaria, zia...

– Figlio mio, abbi pazienza, non è colpa mia se tuo nonno aveva undici tra fratelli e sorelle e tua nonna altrettanto.
– E noi dobbiamo mettere un fiore e dire una preghiera a tutti?
– E tu, da tutti hai avuto il regalo di matrimonio?
– Mhm, e sí.
– E allora forza, cammina.

5.

– Scusi, signora! Signora! Dico a lei! Signora!
– Dài, Mamma, lascia perdere.
– Non lascio perdere neppure per idea.
– Mamma, per favore, non facciamo queste figure...
– Signora! Venga qua! Non scappi! Guardi che l'ho vista!
– Mamma, per favore, smettila, cosa vuoi che siano due fiori...
– Signora! È inutile che scappa! L'abbiamo vista mentre rubava i fiori da quella tomba!
– Mamma!
– Torni indietro! Li rimetta al loro posto! Ladra! Ladra! Ladra!
– Mamma, per favore. Basta. Smettila, prima che arrivi qualcuno.
– L'abbiamo vista sa? Non la passa liscia! Mio figlio è anche giornalista e ora lo scrive sul giornale!
– Ommioddio! Mamma, sta tornando indietro!
– Ladra! Abbi il coraggio.
– Mamma! Quella sta tornando indietro!
– Fatti avanti, ladra! Forza, fatti avanti!

6.

– Ti vergogni di tua madre?
– Molto, Mamma.
– …
– E poi, dico io, quando ti sei scagliata contro la signora era proprio necessario urlare: FORZA PARIS?!

7.

– Papà?!
– Che c'è, Giulietta?
– Papà?!
– Dimmi…
– Ma dov'eri?
– Al cimitero con tua nonna.
– Al cimitero? Ma hai una guancia livida e la camicia sporca di sangue. Ti ha picchiato nonna?
– Lascia perdere.
– Ahahahahahah. Col battipanni?
– Giulia, per favore.
– Ahahahahahah.
– Non è andata come credi.
– Ahahahahahah.
– Ho sedato una rissa tra tua nonna e una ladra di fiori.
– Ahahahahahah.
– Giulietta, bella di papà tuo…
– Sí, papino?
– Vaffanculo, va'!

8.

– Checco?
– Sí, Mamma.
– Ho fissato la messa commemorativa per tuo padre, ci vieni?
– Certo, Mamma.
– Sicuro?
– Ma certo, ci mancherebbe altro. Dimmi dove, quando e a che ora.
– Alla chiesa del Poetto, sabato alle 6,30.

9.

– Non è giusto!
– Sali in macchina e non rompere.
– Non è giusto!
– Sali in macchina.
– Non è possibile!
– Quante volte hai accompagnato tua nonna al cimitero?
– Tre!
– Quante?
– Due!
– Quante?
– Due!
– Non dire fesserie, Giulia! Ci sei andata una volta sola!
– Due! Con questa, due!

10.

– Vedi, Giulia…
– Sí, nonna.
– Questa è la tomba di mio nonno Rosolino Guicciardi.
– Sí, nonna.
– Tuo babbo una volta gli aveva fatto la pipí sulle gambe. Tuo padre era un grande piscione. E anche cagone.
– Sí, nonna.
– Nonno Rosolino era sposato con nonna Emma. Una donna bellissima. Anche mia nonna Maria, che sta piú in là, era molto bella.
– Sí, nonna.
– Tutte le donne di famiglia sono sempre state molto belle.
– Sí, nonna.
– Slanciate, affascinanti ed eleganti.
– … sí, nonna…
– Ora che ci penso, però, non tutte. Zia Tea, no. Zia Tea era piú come te.

11.

– Checco?
– Sí, Mamma.
– Ho fissato la messa commemorativa per tuo nipote Gabriele, ci vieni?
– Certo, Mamma.
– Sicuro?
– Dimmi dove, quando e a che ora.
– Alla chiesa del Poetto, domenica alle 6,45.

12.

– Nonna?
– Sí, Giulia.
– Ma avevi già pensato dove seppellire papà se il trapianto fosse andato male?
– A fianco a me.
– Non ti capisco.
– Ho avuto paura che un altro lutto cosí non lo avrei sopportato. Senza un marito si può provare a resistere, ma è durissima. Poi, sai, io e tuo nonno, be'... capirai quando sarai piú grande. Perdere i genitori fa parte della vita, te ne fai una ragione. Seppellire un fratello e un nipotino ti fa mettere in dubbio l'esistenza di Dio. Sono prove insormontabili. La fede traballa, ma ti sorregge. Perdere un figlio, tuo padre...
– Non ce l'avresti fatta?
– E provaci tu a vivere senza l'unica persona a cui puoi rompere i coglioni impunemente.

13.

– Checco?
– Sí, Mamma.
– Ho fissato la messa commemorativa per i nonni, ci vieni?
– Mhm, okay.
– Sicuro?
– Farò il possibile. Dimmi dove, quando e a che ora.
– Alla chiesa del Poetto, lunedí alle 12,15.

14.

– Sali in macchina.
– No.
– Forza, Giulia!
– No, papà! Ogni volta nonna mi insulta.
– Ma smettila!
– Sí, l'ultima volta mi ha detto che sono racchia e bassa come zia Tea.
– Ma smettila! Te l'ha detto per prenderti in giro.
– No! Era seria!
– Ma se non esiste nessuna zia Tea!
– Non esiste?
– No, hai una nonna un po' cosí…
– Cazzona?
– Eh, cosí.
– Ma dimmi tu. E comunque questa volta non vengo con voi al cimitero.
– E dài, cosí ne approfittiamo, andiamo al bancomat e ti do la paga del mese.
– Allora vengo.

15.

– Perché hai quella faccia, Checco?
– Guarda le unghie di tua nipote!
– E cos'hanno le mie unghie che non va? Eh, papà?
– Sono da… sono da… zoccola!
– Checco! Siamo al cimitero!
– Papà!

– Ma sono unghie da ragazzina, queste? Cosí lunghe e nere!
– Uffa! Papà!
– Stai tranquilla, Giulietta. Anche tuo padre un anno si è smaltato le unghie di nero.
– Ma cosa dici, Mamma?!
– Dico, dico. Avevi le unghie nere.
– Non me lo ricordo.
– Me lo ricordo io.
– Mai avute cosí lunghe.
– No, cosí lunghe no. Ma smaltate di nero sí.
– Non è vero!
– Ahahahahahah!
– E tu non ridere, figlia cretina!
– Cara Giulietta, una volta tuo padre ha anche indossato la gonna per andare in discoteca.
– Non dire fesserie! Non ho mai indossato gonne in vita mia!
– Eccome, se le hai indossate. Quando eri punk. Smalto nero e gonna scozzese.
– Ahahahahahah!
– Non dire fesserie, Mamma! E tu, Giulia, non ridere!
– Ahahahah!
– Invece sí. Ho una memoria di ferro, io. Gonna scozzese e smalto nero. Ecco, le unghie cosí lunghe da zoccola… ecco, quelle no.

16.

– Giulia?
– Sí, papà.
– Questo mese nonna al cimitero ci va da sola.
– Sono d'accordo.

17.

– Checco?
– Sí, Mamma.
– Ho fissato la mess…
Click.
– Checco?! Checco?! Ci sei? Pronto? Pronto, Checco? Prontooo?

Abbiate pietà

Mamma non ha mai mostrato dolore nella sua vita. Mai. Né fisico né morale. Perlomeno, mai davanti ai suoi figli. Eppure ha provato tutti i dolori. Ma nessuno ricorda di averla mai vista abbattuta o disperata. Mai. Mamma ha sempre tenuto tutto per sé, sfogando chissà come i suoi dispiaceri, le sue angosce, le sue sofferenze. Questo non significa che non si sia mai lamentata. Anzi.

1.

– Ciao Mamma, come va?
– Male. Malissimo.
– E cosa è successo?
– Rosetta...
– Rosetta?
– Sí, poverina, ha avuto un brutto incidente e si è fratturata il bacino.
– Oh, poverina. Mi spiace tanto. Ma com'è successo?
– Un cretino non ha rispettato lo Stop e le è andato addosso.
– Oh, porca miseria! Ma eravate assieme?
– No, no.
– Senti, e tu come stai?

– Male.
– E perché?
– Uffa, noioso, te l'ho già detto! Per Rosetta!

2.

– Ciao Ma', come va?
– Male.
– E cosa è successo?
– Gabriella...
– Gabriella?
– Sí, poverina, l'ha punta un'aragna in spiaggia.
– Oh, poverina. Mi spiace tanto.
– Sí, mischina, è finita all'ospedale Marino.
– Ma eravate insieme?
– No, no. Devi vedere che piede gonfio che ha.
– Oh, porca vacca! E tu come stai?
– Male.
– E perché?
– Uffa, noioso, te l'ho già detto! Per Gabriella!

3.

– Ciao Ma', come va?
– Male.
– E cosa è successo?
– Signora Brunella...
– Signora Brunella? E chi è?
– ... sí, poverina, è morta.
– Scusa, Mamma, chi è signora Brunella?

– … oh, aveva pure i suoi ottantanove anni…

– Mamma…

– … e la sua vita l'ha vissuta anche bene, perché il marito le aveva lasciato una bella eredità e la casa al mare vicino a quella di tua cugina Giorgia Corso…

– MAMMA!

– Uffa, che c'è, noioso?

– Ma chi è signora Brunella?

– La madre dell'ex moglie del figlio di signora Corrias.

– Ah! Mi spiace tanto. E tu come stai?

– Male.

– E perché?

– Uffa, noioso, te l'ho già detto…

– Per signora Brunella…

– No, cretino, cosa me ne frega di signora Brunella! Manco la conoscevo! Mi spiace per signora Corrias.

4.

– Ciao Ma', come va?

– Male.

– E cosa è successo?

– Don Pibireddu…

– È morto?

– No! Cretino!

– E allora?

– Ha la gotta.

– Ah…

– …

– …

– Embe', a me non chiedi come sto?

– No.

5.

– Ciao Mamma, come va?
– Male.
– Perché?
– Tuo fratello ha la figlia con il morbillo.

6.

– Ciao Ma', come va?
– Male.
– Perché?
– Tuo fratello ha la figlia con il morbillo.
– Di nuovo?!
– Non Sofia, la piccola Emma!

7.

– Ciao Ma', come va?
– Male.
– Perché?
– Emma.
– Che cosa è successo?
– La bambina deve essere operata, alla testa.
– Mamma, lo sapevo. Ma avevamo deciso di non dirtelo sino all'ultimo minuto.
– Imbecilli! Cretini e imbecilli, tu e tuo fratello! Quante volte vi devo dire di non nascondermi nulla? Nulla! Soprattutto le cose peggiori!

– Ma Mamma…
– «Ma Mamma» un tubo.
– Ma lo vedi che poi soffri e stai male.
– Io sto male perché sta male tuo fratello, la moglie e mia nipote! Io non sto male per me, sto male per gli altri.

8.

– Mamma, ho sentito Giuseppe. L'operazione è andata benissimo.
– Lo so già.

9.

– Ciao Ma', come va?
– Malissimo.
– E oggi perché stai malissimo?
– Mi è successa una cosa ieri al supermercato.
– Mamma, ieri era domenica, vai al supermercato la domenica?
– Sí, vado subito dopo la prima messa. Non c'è nessuno. Tanto silenzio, raccolgo i pensieri dopo le preghiere e faccio un poco di spesa.
– E quindi, cosa è successo?
– Quando sono arrivata alla cassa, sai, avevo tante cose nel carrello e ho notato che dietro di me c'era una coppia con solo un po' di latte e biscotti. Sai, una di quelle coppie un po' cosí.
– Cosí come?
– Male in arnese. Lui piccolo e rugoso, indosso una

vecchia tuta da ginnastica. Lei enorme, i capelli neri, lunghissimi. Le ho notato le mani. Grosse, nodose. Mani da uomo. Allora ho capito.

– Ah!

– Mi è sembrato brutto farli attendere, visto che avevano solo due cosette mentre io... E le ho detto: «Prego, signora, prego, vada prima lei».

– E quindi?

– Quindi, quando ho finito anch'io, mi sono diretta verso i parcheggi. E lí ho notato che mi attendevano.

– Ah! Cacchio!

– Lei mi è venuta quasi di corsa incontro...

– Oh, cacchio...

– E mi ha detto: «Grazie, grazie, la voglio ringraziare tanto, lei è la prima persona nella mia vita che mi chiama "signora". Sa, io in realtà sono ancora un uomo e lui è il mio compagno». Poi si è messa a piangere.

– Oddio. E tu, Ma'?

– Io le ho detto: «Signora, siamo tutte creature di Dio. Buona domenica».

– Brava Mamma! Ma allora perché stai male?

– Per questo amore triste.

10.

– Ciao Ma', come stai?

– Male.

– E oggi per chi stai male?

– Smettila, cretino.

– Senti, Mamma, noi abbiamo avuto i nostri guai. Ora basta! Basta col farti carico del dolore degli altri.

– Non posso, figlio mio, non posso.

– Va be’, Mamma, ma tu ti fai carico anche delle piú piccole fesserie degli altri.

– A noi sembrano fesserie, per loro sono macigni. Non puoi mica fare la classifica dei dolori e delle disgrazie.

11.

– E come stai?
– Male.
– Va be’, e oggi perché stai male?
– Perché hai fatto un altro errore in uno dei tuoi articoli.

12.

– Ahia!
– Quando fai cosí mi fai star male!
– Tu? Mi dài un ceffone al collo e stai male tu?
– Certo. Mi fai vergognare.
– Io?
– Certo!
– Ma’.
– Oh.
– Perché mi hai dato una pappina?
– Perché stavi guardando quella ragazza!
– No.
– Sí.
– E poi era una grezza.
– Dici?
– Vedi tu. Aveva il tacco piú alto del femore.

13.

– Pronto, ciao Mamma, come va?
– Tutto bene, figlio mio. Tutto bene.
– Ah! Mi scusi, signora. Ho sbagliato numero.
– Checco!
– Sí.
– Non fare il cretino!
– Ahahah!
– Non fare il cretino e non rubare le battute a Moni Ovadia!
– La conoscevi già?
– Certo, l'ha scritta Moni Ovadia in un suo libro. Cosa credi, che leggi solo tu?
– Ho parlato di te a Moni Ovadia.
– Conosci Moni Ovadia?!
– No, cioè sí, cioè no, insomma, cioè, abbiamo fatto una volta uno spettacolo insieme a Carbonia nel 2008, ma non credo che si ricordi di me.
– E cosa gli hai detto di me?
– Gli ho raccontato come sei fatta.
– E lui?
– Mi ha detto che ho una Mamma molto *yiddish*.
– Ah! Ecco, infatti, ti volevo dire una cosa.
– Dimmi, Ma'.
– Fra un mese parto per la Terra Santa.
– Per sempre?

Terra Santa

Per anni Mamma ha coltivato un sogno, andare a vivere in Terra Santa. Le avversità della vita e la responsabilità di una famiglia glielo hanno impedito. All'età di settantasette anni ha finalmente coronato il suo sogno. O almeno parte di esso. È volata in Terra Santa con le consorelle della sua comunità neocatecumenale. Per un mese ho atteso invano questa notizia: «Terroristi islamici si arrendono a un gruppo di donne sarde e dichiarano: "Basta che stiano zitte"».

1.

– Mamma, ma cosa farai esattamente in Terra Santa?

– Faremo catechesi!

– Catechesi? Ma', che dici? Lí rischi grosso. Quelli sono fuori di testa.

– Guarda, figlio mio, mi sembravi piú fuori di testa tu quando ti credevi punk.

2.

– Ciao Mamma, buon viaggio. Ci vediamo fra un mese.
– Non mi chiamare! Non mi chiamare, che spendo un sacco di soldi anche io che ricevo.
– Okay, Mamma.
– Mamma ti chiama solo se succedono cose gravissime.

3.

– Pronto, Ma', che succede?!
– Nulla, prima di partire mi sono dimenticata di dirti di mettermi da parte ogni giorno «L'Unione Sarda».
– Cazzo, Ma'! E mi chiami all'alba per dirmi questo?
– Tu mettimi da parte «L'Unione» e non dire parolacce. Sono a Gerusalemme!
– Embe'?!
– Qui Dio ci ascolta.

4.

– Pronto?
– Ciao Giuseppe.
– Hai sentito Mamma?
– No.
– Tu, come va?
– Bene, sto pensando di scrivere una cosa su di lei.
– Tipo?

– Una serie di sketch su di lei.
– Ti ammazza.
– Su come ci ha educato. Il rapporto con la malattia. E ora questo suo viaggio.
– Ti ammazza.
– Una roba tipo... posso leggerti?
– Vai.
– «Sono disorientato. Quando era in vita papà, lui e Mamma partivano spesso. Ci lasciavano soli. Con mio fratello non vedevamo l'ora. I nostri ormoni in ebollizione adolescenziale percepivano subito che per loro sarebbe stata un'eccezionale occasione. Ma Mamma lasciava in giro per la casa e soprattutto sopra il suo letto matrimoniale dei fogli con un disegno fatto da lei e una scritta. Il disegno: il triangolo e l'occhio dello Spirito Santo. La scritta: "La Mamma vi guarda anche se non c'è. Non portate ragazze a casa!" Oggi rientrando a casa ho avuto l'istinto di guardare se quel foglietto non fosse sul mio letto matrimoniale».
– Ti scortica.
– Vorrei testarlo sui social network.
– E poi ti butta il sale sulle ferite.
– Va be', da domani provo e vediamo l'effetto che fa.
– Fratello?
– Sí.
– Sai qual è il tuo peggior difetto?
– Sí, non ti ascolto mai.
– Ecco. Però ricordati che metteva anche una foglia secca sul suo letto fra il materasso e il lenzuolo.
– Giusto!
– Se al suo rientro la foglia era spezzata...
– Per noi erano dolori! La scrivo.
– Sí, ma non dire che te l'ho ricordata io.
– Tranquillo.

5.

– Ciao Ma'.

– Ciao un corno! Mi hanno detto che stai scrivendo fesserie su Facebook sul mio conto!

– Be', non sono fesserie! Quella dell'occhio con la scritta lasciata sopra il letto matrimoniale è vera.

– Sí, quella è vera. Ma la gente non deve sapere gli affari nostri!

– Ahahahaha! Ahahahahahah!

– Smettila o ti querelo!

– Ahahahaha ahahahahahah!

– Smettila o da ora in poi do il tuo numero di telefono a tutti quelli che chiamano me per farti leggere le loro poesie!

– Okay, Ma'. Okay, la smetto.

6.

– Ciao Ma', come stai?

– Non mi lisciare, cosa ti serve?

– Posso riprendere a scrivere su di te e le tue amich…

– No!

– Dài, Ma'! Posso scrivere che vuoi morire ed essere seppellita lí, che già uno è risorto e magari capita anche a te?

– No! E poi non è mia, l'ho copiata da una barzelletta!

– E che sei nel lago di Tiberiade a provare a camminare sull'acqua?

– No! Noioso! Non rompere!

– Dài…

– Ti ho detto di no! E ora lasciami che ho la meditazione.

– Ma', gli chiedi al Signore se...
– Al Signore già gli devo chiedere perché mi ha dato te e non il figlio di signora Castía.
– E cos'ha piú di me?
– È morto.

7.

– Pronto?
– Figlio mio, tutto bene?
– Sí sí, grazie, Ma'. E voi, tutto bene?
– Sí, qui bellissimo, asco': resta in linea che ti passo la signora Corrias, vuole essere messa anche lei su Facebook...
– Ah! No no no! Ma', aspetta un attimo! Nooo! Non mi passare nessuno! Maa'!
– Signora Corrias... sí, è mio figlio, quello che da piccolo si era fatto la cacca addosso nel suo cortile...
– Maaa'!
– Buongiorno, si ricorda di me? Ero quella che aveva prestato a sua madre le mutande pulite per lei.
– Buongiorno, signora...
– Ascolti, volevo che mettesse una barzelletta che ci ha raccontato ieri a cena don Pibireddu.
– No, aspetti...
– Allora... Due rabbini italiani s'incontrano...
– Aspetti...
– Uno si dice preoccupato perché il figlio è andato in Terra Santa ed è tornato cristiano. L'altro gli confessa che la stessa cosa è successa al suo, cosí si propongono di andare a consulto dal Padre Eterno...
– Sí, signora, la conosco: è vecchia...
– Allora vanno da Dio e gli dicono: Signore i nostri fi-

gli sono andati in Terra Santa e sono tornati cristiani. E Dio gli risponde: Eh! Cittirí! Anche il mio!

– …

– Ahahaha! Ahahaha! Ahahahahahahahah! L'ha capita?!

– Sí, l'ho capita. Ma Dio secondo lei gli ha risposto in sardo?

– … tiè, Mariella, prendi il telefono. Avevi ragione l'altra sera: tuo figlio è un povero scemo.

8.

– Pronto?

– Sí, Ma', ora che c'è?

– Come si chiamava quella tua fidanzatina dei diciassette anni?

– Quale, Ma'?

– Quella che ti aveva giurato eterno amore. Quella che quando ti sei fatto il ricovero di due mesi prima della maturità voleva un letto a fianco al tuo, poi non ti è mai venuta a trovare.

– Non me lo ricordo, Ma'…

– Dài! Quella che mentre tu eri ricoverato si è messa con un tuo amico…

– Mamma, non me li ricordo e non me li voglio ricordare.

– Iniziava con *r*…

– Cosa?

– Il nome di quella fidanzatina.

– Mamma! Dài, lascia perdere, per favore.

– Va be', ciao.

– Ciao Ma'.

– … no, signora Corrias, non si ricorda se era l'ex moglie di suo figlio. Ma il genere è quello.

9.

– Adesso lo chiediamo a mio figlio che ha fatto il dee-jay.
– Mamma?
– Sí sí, anche lí… sí, ad Alghero…
– Mamma?
– Ih, guarda, mi rubava i soldi dal portafoglio per comprare i dischi sin da bambino…
– Mamma.
– Certo che lui lo sa! Cosa credi?
– Mamma!
– Ci sei, figlio miooo?
– Ci sono, ci sono. Cos'è 'sto casino?
– Siamo a Tel Aviiiv!
– E questa musica?
– Siamo in spiaggiaaa!
– Sí, ma questa musica assordante?
– Siamo a una festa in spiaggiaaa!
– Ma non siete lí a fare catechesi?
– Aspetta, aspe'…
– Ma'…
– La senti?!
– Cosa?
– La canzone!
– No.
– Aspetta… e ora?!
– Sí, vagamente, ma la sento.
– Di chi è?!
– Ma che ne so! Non si capisce un tubo.
– E ora?

– Booh!
– Ora? Che canzone è?
– Mi sembrerebbe *Your Love* di Frankie Knuckles.
– Ha detto che è Franco Nacol!
– Frankie Knuckles!
– Frenchi Nacols!
– Va be', ciao Ma'...
– Grazie, ciaoo! Qui ti ringraziano tuttiii!
– Sei con Pasqualino, vero?
– Eja, ma anche con signora Corrias e don Pibireddu.
– Mamma, ma...
– Ciaooo! ... Sí, sa tutto di musica, di altro non sa nulla, ma di musica ne sa.

10.

– Che ora è lí?
– Quasi mezzanotte. E lí?
– Booh.
– Come, booh, Ma'?
– Lasciamo perdere, che ho mal di testa.
– Guarda che mi hai chiamato tu, non io.
– Non ti ho chiamato io.
– Sí, Ma', ho trovato una chiamata persa e quindi ti ho richiamato.
– Non è possibile.
– Va be', dài.
– Ti dico che non è possibile.
– Sí, sí. Comunque, visto che ci siamo, ti è piaciuta Tel Aviv?

– Un caos bestiale. Però la spiaggia è bellixedda. Non è il nostro Poetto, però è bellixedda.

– E la festa?

– Be', eravamo lí. Ci è esplosa intorno. E, sai com'è, Pasqualino si è subito lanciato.

– E tu?

– E io cosa?

– Ti sei divertita?

– Eja.

– E signora Corrias?

– Imbriaga. Non regge gli alcolici.

– E tu li reggi?

– No, ma io mica bevo. Faccio finta. E a don Pibireddu gli è piaciuta molto, la musica, soprattutto quella del tuo amico… quello… coso… quello che mi hai detto…

– Frankie Knuckles.

– Proprio lui. Ha detto che la trova buona anche per la messa, riadattata ma funziona. Ha detto che porta con sé un bel messaggio di amore e misericordia.

– Amore di sicuro… misericordia non credo. Però, Mamma, piú che amore, sesso, direi. Quel brano parla di sesso.

– Anche il sesso fa parte dell'amore. Tua bisnonna Maria Pisano diceva sempre…

– Che tutti i problemi fra moglie e marito si risolvono a letto.

– Te l'ho già detta?

– Mille volte, Ma'.

– Sto invecchiando. Ti ho detto, invece, di Pasqualino?

– No. Ma me lo immagino.

– Forza.

– Si fa frate.

– No! Cretino!

– Allora non so.
– Ha detto che resta qui.
– Naaa! Si fa ebreo?
– Ma non dire fesserie!
– Si sposa! Ha trovato il compagno della sua vita!
– Ih, mischino, ormai chi se lo sposa? Oh, si tiene bene per la sua età, ma ormai non se lo sposa piú nessuno.
– Be', se si ostina a mettersi in mutande di pelle ai gay pride.
– Noo, ma qui mica si veste cosí.
– Come minimo.
– No, resta qui alla Casa Tiberiade. Un anno. Interprete volontario per i pellegrini. Sai, lui parla benissimo tre lingue.
– E tu, Ma', non resti?
– Mi piacerebbe.
– E perché non resti?
– Sarebbe il sogno della mia vita. Qui nei luoghi di nostro Signore Gesú Cristo. Tu non hai idea, Checco. È una sensazione indescrivibile.
– E allora perché non resti?
– No, non posso.
– Potresti fare anche tu l'interprete, del resto hai insegnato francese per anni.
– No, poi qui serve soprattutto l'inglese.
– Va bene, ma puoi fare altro. O no?
– No, poi io ho il mio gregge.
– Il tuo gregge?
– Sí, voi, figlio mio.
– E io chi sarei, Ma', la pecora nera?
– No, l'asino.

11.

– Checco?
– Mamma?
– Sono al Muro del Pianto.
– Ma stai piangendo?
– Quasi.
– Quasi?
– Lo sai che non ho piú lacrime.
– E dài!
– L'ha detto anche tuo cognato Marco Piu, l'oculista, ho la sindrome dell'occhio secco. Non ho piú lacrime, ma adesso le vorrei avere tutte per piangere.
– Ma perché, Mamma?
– Perché questo è un posto bellissimo dove si dovrebbe trovare amore e condivisione. E invece non è cosí.
– E vorresti piangere per questo?
– Sí. Tanto. Anche per questo. Per questa terra dilaniata. Per loro, tutti loro che non trovano pace. Per noi che non siamo in grado di essergli d'aiuto. Per le loro famiglie e le nostre cosí piene di dolore, di lutti. Qui al Muro ho pensato soprattutto a nostro nipote su quel marmo dell'obitorio, morto ad appena diciotto mesi. Non so perché, ma guardando questi bambini ho pensato a lui.
– Su, Mamma, dài.
– Sai, Checco, è brutto non avere le lacrime. Sfogarsi e far andare tutto via. Liberarsi almeno per un poco. Invece il Signore mi ha tolto anche le lacrime. E io non riesco a capire perché.

12.

– Mamma?
– Ciao Checco.
– Come va?
– Male.
– Sí, capisco. Mi spiace tanto, Mamma. Però vedrai che lí, secondo me, una risposta a tutte le domande la troverai.
– Quali domande?
– Be', i tuoi dolori, i tuoi lutti, la tua solitudine, le lacrime che tu non hai piú…
– Ma no! Sto parlando di cose serie!
– Ah!
– Signora Corrias testarda!
– Cosa ha fatto?
– Ha bevuto da una fontanella.
– Ah!
– Eppure gliel'avevano detto in tutte le lingue di bere solo dalle bottiglie sigillate!
– E come sta?
– È tutto il giorno che ha la cagarella!
– Oh, poverina.
– Poverina lei e poverina io che condivido la stanza con lei. C'è un odore, un odore che neppure nella stiva dell'arca di Noè.

13.

– Ma'!
– Che c'è, noioso? Dài, che stiamo salendo sul pulmino.
– Mi stanno votando personaggio dell'anno in Sardegna.

– A chi?

– A me, Mamma.

– E perché?

– Be', vedi...

– A te? Ahahahahahahahah! Ahahahahahahahah! Ahahahahahahah!

– Smettila, Ma'...

– Ahahahahahahahah! Ahahahahah! Ahahahahah!

– Ma', dài...

– Ahahahahahahahah! Ahahahahah! Ahahahahah!

– Ma'...

– Non vorrai chiedermi il voto, vero?

– No... cioè... sí... cioè, magari almeno la signora Corrias...

– La signora Corrias vota i polpacci di Zola!

– Va be', ciao Mamma. Forse il Signore era meglio che ti levava le risate e non le lacrime.

14.

– Checco.

– Mamma.

– Domani torniamo. Atterriamo all'aeroporto di Elmas a mezzanotte.

– Ti vengo a prendere io.

– Grazie.

– Figurati. E allora, qual è la lezione che ti porti a casa dopo questo lungo mese?

– Tante, figlio mio, piú nuove domande che certezze.

– Ah!

– «Solo chi naviga nelle tormentate fiumane del dubbio e non si lascia tentare dalle acque chete della certezza avrà aperte le porte della saggezza»...
– La Bibbia?
– No, Facebook.
– Ah!
– Ma va bene cosí.
– Se lo dici tu.
– Di certo, c'è solo che voglio tornare quanto prima.
– Nient'altro?
– No, solo signora Corrias tornerà a casa con una grande certezza.
– Quale, Ma'?
– Che è molto brutto scagazzarsi in pubblico come capitò a te.

15.

Sogno dell'ultima notte in Terra Santa.

E fu cosí che Maria Maddalena, Maria di Cleofa e altre donne, recandosi al sepolcro, videro che la pietra dell'ingresso era rotolata via, le bende sparse e nessuna traccia del Cristo.
– O Gesú, però prima di andare via te lo potevi pure riordinare, 'sto sepolcro.
E una voce dal cielo tuonò:
– Chi sei tu, donna?
– La Mamma di Francesco Abate.

16.

– Ciao Mamma, bentornata.

– Fatti abbracciare.

– Ahia, ahiaa, ahiaaa! Di nuovo con questi pizzicotti! Smettila!

– Io la smetto, però scrivilo che non sono cosí!

– E come sei, Ma'?

– Peggio!

Finale di stagione

– Guarda, figlio mio, io te lo dico chiaro e tondo.
– Sí, Ma'.
– Tu con questo libro rischi di fare uno scivolone. Penseranno che tua madre è una macchietta. Diranno che l'hai fatta facile. Crederanno che sei un mammone, che ci sentiamo cento volte al giorno, invece, se capita una volta alla settimana è un miracolo. Diranno che sei stato superficiale. E poi, non capisco perché non hai mai parlato di come faccio lo stoccafisso che ti piace tanto. Ti accuseranno di essere stato leggero e frivolo. Comunque un passaggio a tua zia Rosa, che di ogni tuo libro ne compra dieci copie, potevi anche dedicarglielo. Bisbiglieranno che sei stato inconsistente, e buffone. Figlio mio, guarda, te lo dico chiaro e tondo, qui tu rischi grosso.
– Lo so già.
– Ah! E allora perché diamine vuoi pubblicare questo libro?
– Lo so io.

Ringraziamenti.

A tutti gli amici che sui social network mi hanno incoraggiato a trasportare su carta le prime prove di queste scene.

A Paolo Repetti e al Festivaletteratura di Mantova. L'idea di questo libro è nata, infatti, una notte in piazza Sordello durante l'edizione 2014 del festival, quando Paolo ascoltò una telefonata fra me e mia madre e decise che sui nostri dialoghi doveva nascere un libro.

A Rosella Postorino, perché questo è il quarto libro su cui sudiamo insieme e grazie ai libri siamo amici inseparabili.

Preghiere.

Mamma pregherà per:

Paolo Repetti, chiedendo per lui protezione alla Vergine Maria.

Severino Cesari, chiedendo per lui protezione ai santi Cosma e Damiano.

Rosella Postorino, chiedendo per lei protezione a sant'Eustachio.

Raffaella Baiocchi, chiedendo per lei la protezione a santa Lucia.

Luisa Pistoia, chiedendo per lei protezione a santa Francesca Romana.

Stefania Cammillini, chiedendo per lei protezione a san Giovanni Battista.

Kylee Doust, chiedendo per lei protezione a san Cristoforo.

Giulia Pietrosanti, chiedendo per lei protezione a san Giuseppe lavoratore.

Le sorelle Ariu, chiedendo per loro protezione a santa Luisa di Marillac.

Per Piera Degli Esposti, Peter Marcias, Michela Murgia e l'amico Anthony di Tresnuraghes Mamma reciterà invece un intero rosario.

Indice

Questo libro è stampato su carta certificata FSC®
e con fibre provenienti da altre fonti controllate.

FSC www.fsc.org
MISTO
Carta da fonti gestite
in maniera responsabile
FSC® C115118

Stampato per conto della Casa editrice Einaudi
presso ELCOGRAF S.p.A. - Stabilimento di Cles (Tn)

C.L. 22867

Edizione	Anno
5 6 7 8 9 10 11	2016 2017 2018 2019